臆病同心もののけ退治

田中啓文

ポプラ文庫

目次

第一話 河童の皿

八丁堀《はっちょうぼり》同心《どうしん》組屋敷《くみやしき》の朝は早い。明けガラスがカアと鳴き出すまえに小者《こもの》たちは起き出して玄関まえを掃きはじめる。

北八丁堀には、北町奉行所同心《きたまちぶぎょうしょどうしん》の拝領《はいりょう》屋敷が百ばかり軒《のき》を並べていた。敷地はおのおの百坪ほどで、どこも似たような間取りだ。

そのうちの一軒、同心逆勢華彦《さかせはなひこ》の屋敷でも、朝の支度がはじまっていた。先代から当家に仕えていた小者の空助《くうすけ》は、欠伸《あくび》をしながら箒《ほうき》を手にして玄関先を形ばかりざっと掃き清めたあと、医者の泥鰌庵元亀《どじょうあんげんき》に挨拶をした。

「おはようございます」

泥鰌庵は名前のとおり長い泥鰌髭を生やした五十がらみの男で、本人は「名医である」と主張してはばからない。まあ、「わしは藪医者じゃ」と言う医者も怖いが、医者が自分で言う「名医」ほどあてにならぬものはない。

「やあ、空助さん、おはよう。今日は冷えるのう」

「そうですな、朝から熱燗《あつかん》で一杯飲みとうなります」

今年六十五になる空助はすでに老境だが、泥鰌庵とは飲み仲間だった。同心の俸《ほう》禄《ろく》はたかだか三十俵二人扶持、つまりは年に十両ほど。付け届けなどの実入りもあったが手下たちに支払う俸給など出費もかさむ。それゆえ敷地内の空いた場所を他人に又貸しして家賃を取っているものも多かった。ことに今は老中水野忠邦《みずのただくに》による引き締めがきつく、町人も武家も金回りは悪かった。それで逆勢家でも、門を入って左手の空き地の一角を泥鰌庵に貸しているのだ。

八丁堀は本来武家地なので町人への又貸しはご法度なのだが、実入りの少ない同心はそんなことを言っておれぬ。医者や儒者ならばよかろう、という勝手な理屈をつけて、与力《よりき》も同心も皆、又貸しをしており、町奉行所もそれを黙認していたのである。逆勢家の敷地には長屋も建っていて、手習いの師匠や本草学者《ほんぞうがくしゃ》、剣術使いなどが住んでいた。

「今晩暇だったらうちに来なされ」

泥鰌庵は指で盃を作って飲む仕草をし、空助がにやりとしたとき、

「華彦！　いつまで寝ておる！　いいかげんに起きなされ！」

家のなかから甲高い女の声がした。空助は苦笑いをして、

「うちの女帝《によてい》がブチ切れてござる。戻ります」

そう言うと箒を玄関に立てかけ、屋内に入った。

「今日は組替えになってはじめての出仕日。遅れては先輩方の心証もよろしからず、また、逆勢家の恥ともなる。おまえにはそれがわからぬのか。これ、華彦……華彦！」

叱責、というより叫びに近いその声は廊下の右手の部屋から聞こえていた。

「姉上……もう少し寝かせてください。まだ出仕には早いです」

「ならぬわ、たわけめ！　これからうがい手水《ちょうず》に身を清め、着替えをして、朝餉《あさげ》を食べたあと、水《すい》風呂屋に参り、髭を剃り、髪を結い、それからお奉行所に向かわねばならぬのだ。とっとと起きぬか、この因循《いんじゅん》もの！」

　空助はそっとその部屋のふすまを開けた。布団を頭からかぶっているのは、顔は見えぬがこの屋敷の主、逆勢華彦だろう。そして、そのまえに仁王立ちになり、罵声を浴びせているのが華彦の姉ゆかりだ。そして、枕もとには妹のひかりがちょこんと座っている。

　ゆかりを一言で言い表すと「美人に化けた虎」だと空助は思っていた。すれちがうものが思わず二度見するほどの器量よしだが、その内面は猛々しい虎に等しく、だれかれかまわず襲いかかって爪を振り上げる。今のところもっとも多くその犠牲になっているのが、弟の華彦なのである。

　ゆかりは出戻りで、一旦他家に縁付いたのだが、三日目に夫である御家人某《なにがし》が料理にケチをつけたことに腹を立て、その背中に跳び蹴りを食らわせて、離縁を言い渡された。ゆかりが嫁に行ったときは空助も華彦も内心快哉を叫んだのだが、その喜びも三日でおじゃんになってしまった。

（ゆかりさまも、あの性質《たち》でなければいくらでも嫁ぎ先があろうものを……）

　空助がそんなことを考えているとはつゆ知らぬゆかりの怒鳴り声は、隣近所に聞こえるほどに大きさを増していく。

「起きぬか起きぬか起きぬか起きぬかあああっ……ええい、こうしてくれる！」

ゆかりは布団を剝ぎ取ったが、華彦はうつ伏せになったまま起き上がろうとしない。

「とっとと支度をするのだ。さもないと顔を踏み潰すぞ」

「奉行所へは……行きとうありません」

華彦は蚊の鳴くような声で言った。

「は？　なにをこどものようなことを申しておる。おまえは町奉行所同心ではないか。奉行所へ行かずになんとする」

「行きとうないものは行きとうないのです。今日は……休みます」

「大馬鹿ものめ！　大事のお勤めをずる休みしようなどとは武士の風上にも置けぬ所業……」

そこまで言ってゆかりはふと空助が廊下からのぞいていることに気づき、

「空助！」

「へ、へえ！」

「箒を持ってまいれ」

「ほ、箒……？　なにをなさいますので？」

「よいから疾《と》く持ってこよ！」

「へいっ」

空助はあわてて玄関に立てかけておいた棕櫚《しゅろ》の箒のゴミや泥などを手早く払い、引き返してゆかりに手渡した。

「外を掃いていたもんですから汚うございますよ」

「かまわぬ」

ゆかりは箒を握るとにやりと笑い、うつ伏せの弟に向かって振り上げ、振り下ろした。

「ぎゃーっ！」

箒で頭をはたかれた華彦は悲鳴をあげ、

「なにをなさいます！」

ゆかりは聞く耳を持たず、何度も何度も箒で華彦の後頭部や背中や尻をばしばし叩きまくった。次女でまだ十二歳のひかりが手を打って、

「姉さま、もっとやってくだされ。もっと……もっと！」

空助が割って入り、

「お嬢さま、おやめくださいませ。そんなことをしたら……」

ゆかりは華彦を打ち据えながら、

「華彦が怪我をするとでも申すか」

「いえ……箒が……」

そのとき、めきっ、という音とともに箒が折れた。

「あー、言わんこっちゃない。これじゃ表が掃けません」

「すまぬすまぬ。つい手に力が入ってしもうたわ。華彦のせいでいらぬ費《つい》えがかさむ」

華彦がとうとう立ち上がり、

「みんなして箒の心配ですか！　私は当家の主ですよ。それを放っておいて箒のことばかり……！」

「その主がいつまでも寝ているから叩いたのだ。文句があるか」

「いえ……なにも……」

逆勢華彦は当年二十一歳。逆勢家は、代々北町奉行所に同心として勤める家柄である。本来、与力や同心は一代限りの抱え席であり、子が家督を相続するとそのたびごとに新規召抱えになるのだが、実際には世襲であった。与力の子は与力、同心の子は同心として跡を継いでいく。だから、華彦には同心以外の職は考えられないのだ。

「ならば顔を洗うてまいれ。朝餉が冷めるぞ」

「姉上……私はまことに奉行所に参りたくないのです」

「まだ言うか！」

ゆかりは折れた箒を華彦に投げつけた。

「はい……ご勘弁ください」

「なにゆえ出仕を厭うのだ」

「──新しい組が嫌なのです」

華彦はぽつりと言った。ゆかりは一瞬言葉を詰まらせたが、

「なれど、それはおまえの失態から出たことではないか。過ちは過ち。免職にならなかっただけでもよし、と心得、新しい組で一からがんばるのが……」

「姉上にはわからないのです！」

華彦は悲痛な声で言った。

「私はこれまで、逆勢家を支えるために立身出世を願い、身を粉にして働いてまいりました。上役も周りもそれを認めてくださり、そろそろその望みが叶いそうだと思っていた矢先に……くくく……こ、こ、こんなことに……」

華彦は歯を食いしばり、涙をこぼした。ひかりが、

「兄上……なぜに泣いておられるのです？　おなかでも痛いのですか？」

「そうではない。──おまえは向こうに……父上のところに行っておれ」

華彦がそう言うと、

「はーい」

素直にひかりは部屋を出ていった。華彦は、両手で顔を覆い、

「此度《こたび》のことで私はまわりから、臆病者だの腰抜けだの意気地なしだのとあざけら

れ、ののしられ、武士として耐え難い屈辱を受けました。そのうえ定町廻《じょうまちまわ》りという花形の役目から、一転して奈落の底……尾田仏馬《おだふつま》さまの組へ……これが泣かずに……おれましょうか……」

ゆかりはため息をつき、

「おまえの気持ちもわからぬでもないが、今、わが逆勢の家は、父上はご病気、わたくしは出戻り、ひかりはまだ年若……おまえにしっかりしてもらわぬと立ち行かぬのだ。ここでおまえが職を放り出したら、家がつぶれてしまう。堪忍して、出仕せよ」

「堪忍できませぬ。姉上は尾田さまの組が周りからどう呼ばれているかご存じですか？　尾田仏……オダブツ部屋ですよ。北町奉行所の吹き溜まりとまで言われている、いわば底の底です。ここから這い上がるのは、蛙《かわず》が深い井戸から出ていくようなもの。ほぼ無理です」

「弱音を吐くでない、華彦。病に倒れておられる父上のためにも、逆勢家のためにも、しっかりしてくれねば困る」

「は——————っ」

華彦はこれ見よがしに長嘆すると、

「わかりました。——顔を洗うてまいります」

胸をぱりぱり掻きながら、華彦はふらふらと手水に向かった。

◇

そう……逆勢華彦は、先日までは定町廻りという同心のなかでも花形と言っていい役目に就いていた。母親は彼が十二歳のときに死去し、父親の太三郎《たさぶろう》は三人のこどもを男手ひとつで育てていたが、その太三郎も華彦が十四歳のとき病に倒れ、今も寝たり起きたりの状態だ。それゆえ太三郎は華彦が十五になるや否や隠居願いを出し、元服《げんぷく》間もない華彦に跡を継がせた。こうして華彦は北町奉行所の同心見習いとなり、十八歳のときには晴れて正式な同心として定町廻りに配属された。

華彦は、幼少のころより父親によって文武の道を仕込まれていた。

「おまえはいずれ同心になるのだから、剣術だけではいかん。広く武術を身につけるのだ」

と言われ、剣術だけでなく、柔術、十手・取り縄術、棒術、槍術などを学んだ。また、同心の重要な役目のひとつに「物書き役」というものがある。白州《しらす》における裁きの様子などを書きとめておく、いわば速記者だが、奉行をはじめ関係者の話をすべて、その場で、正しく、わかりやすく、すばやく書かねばならない。そのため華彦は書道を学び、また、古今の和書、漢籍にも親しんだ。

同心に必要な武術、学問のすべてを身につけていた華彦だったから、本人も出世する気満々だった。なにしろ、彼ひとりの力で、病気の父親、出戻りの姉、まだ幼い妹の三人を養っていかねばならないのだ。家で雇っている空助ら家僕の給金も支払わねばならないし、御用聞きたちにも小遣いをやらなくてはいけない。

（できればいずれ与力に……）

華彦は意欲に燃えていた。同心が与力になるのは容易ではない。定員が決まっているからだ。しかし、同心としてよほどの手柄を立て、また、不祥事を起こした与力が罷免されるなど空席ができたときなら、与力株を購入することも可能なのだ。そのためにも定町廻りという役目は好都合だった。事件をいち早く見つけ出し、おのれの手で解決すれば、立身につながる。

しかし……華彦には決定的に同心に向いていない「ある欠点」があった。それは、生来の臆病者……こわがりであることだった。たとえば、後ろから突然大声で呼びかけられたり、なにかがうえから落ちてきて大きな音を立てたりするだけで、

「どひいっ」

となってしまう。雷などはもちろん苦手だ。犬に吠えつかれても、ぴょん！　と跳んでしまうし、一度、暴れ馬が往来を前方から走ってきたときは、腰が抜けてその場に座り込んでしまった。

捕り物に赴いても、相手が刃物を振り回しているのを見ると、腰が引けてしまう。そうなると剣術の腕など関係がない。とにかく足がすくんで、動けなくなってしま

うのだ。そういうときは、十手を抜き、捕り方たちを叱咤《しった》しているふりをして後ろへ下がる。

小さいころからそうなのだ。喧嘩でも木登りでも肝試しでもなんでも、姉ゆかりの背中に隠れてびくびくしていた。

同心として出仕してからは、その小胆さをだれにも覚られないようにひた隠しにしていた。まあまあ上手く隠せていた……と自分では思っていた。先日の「一件」までは……。

夜の捕り物だった。以前から眼《がん》を付けていた担ぎの八百屋が、盗人《ぬすっと》一味の手先ではないか、という情報を下っ引きのひとりがつかんだ。昼間、あちこちの家を訪れ、野菜を売るついでに、間取りや住人の人数、金がありそうかどうかなどの目星をつけて親分に知らせ、夜になったら数人で押し込む……という手口だ。さほどの上がりはないかわりに取りはぐれもない。盗人としては堅実なやり方だ。

上手くたぐれば一網打尽にできる。北町奉行所の同心、捕り方たちは色めきたった。盗賊吟味役与力の小寺《こでら》助右衛門《すけえもん》が陣頭指揮を執り、華彦をはじめとする町廻り同心たちもそれに加わった。出役することになった同心たちは、鎖帷子《くさりかたびら》を着込み、頭には鎖鉢巻を巻き、籠手《こて》・すね当てをつけるというものものしい出で立ちである。

一同は、与力を中心に水盃をかわすと、盗人一味が集まっているという古寺をひそかに取り囲んだ。寺は無住になって長く、荒れ果てていた。屋根が落ち、壁が割れ、境内は雑草で覆われている。華彦は、寺に隣接する墓地に数人の同役や捕り手とともに潜んでいた。今のところはまだ寺を遠くからゆるりと囲んでいる状態だが、与力からの指示があったらじわじわと寺を囲む輪をせばめていき、合図とともに踏み込む……という手はずになっていた。

（気味が悪いところだな……）

夜の墓場というだけでも気味が悪いのに、墓石は倒れ、卒塔婆《そとば》は折れているし、狐か野良猫かわからぬ動物がたくさん棲みついている。華彦は身体が震えているのを覚られぬよう、

「まことにこのようなところにやつらがいるのか」

捕り方のひとりに話しかけた。

「間違いござんせん。八百屋が入っていくところを、岡っ引きの三七《さんしち》さんが見なすったそうで。——なにかご不審でも？」

「いや……そんなことはない……」

華彦が十手をぎゅっと握り締めたそのとき、彼の目のまえにぼうっとした炎が浮かんだ。

「うひゃああああっ！」

思わず口から出た悲鳴を自分でも止められなかった。その声は夜の墓地に響き渡った。捕り方が華彦の口を塞いで、

「旦那、なにやってるんです！　連中に気づかれちまう！」

「で、でも……人魂が……」

捕り方は噴き出しそうになるのをこらえ、

「人魂？　そんなものどこにも見かけませんでしたぜ」

「そんなはずはない。大きな炎みたいなものがここに、こう……」

「あははははは。そりゃあたぶんでっけえ蛍が旦那の顔のまえを飛んだだけさ。旦那、案外臆病だねえ」

臆病という言葉が華彦の胸に突き刺さったとき、寺の窓ががらりと開き、

「おい、いけねえ。捕り方だ」

窓はぴしと閉まった。

「気づかれたぞ。急いで踏み込め！」

与力がそう叫び、同心たちや捕り方たちが雪崩《なだれ》を打って突入した。そんな様子を華彦は棒立ちのまま見つめていた。

「こらっ、なにをしておる！　しくじりを取り返さぬか！」

古参の同心に怒鳴られた華彦の頭のなかで「しくじり」という言葉が広がった。

（しくじり……私が……しくじり……）

華彦は動こうとしなかった。いや……動けなかったのだ。

やがて捕り物は終わった。五人いたはずの盗人のうち三人は逃げてしまい、召し

捕ることができたのはふたりだけ、しかも、小者だった。親分たちを捕縛することはできなかったのだ。そして、町奉行所の役人たちを悔しがらせたことがもうひとつあった。その「親分」というのが、じつは「荒熊《あらくま》の泰治《たいじ》」だったのだ。荒熊の泰治はかつて旗本屋敷や豪商を狙って盗みを重ねていた大盗賊で、今や年老いたとはいえ、もし召し捕れていたら大手柄だったところだ。

「あいつの……逆勢のせいでやつらに気づかれ、逃がしてしまった……」

小寺与力はさんざん愚痴をこぼしたそうだ。そして、翌朝、華彦がおそるおそる出仕すると、いきなり「オダブツ部屋」への組替えを告げられた。「怯懦《きようだ》なものは定町廻りにはふさわしくない」という理由であった。たしかに、蛍を人魂と見間違えて、捕り物の最中にあのような悲鳴を上げてしまい、それが盗人の頭の取り逃がしにつながったのだ。どんな仕置きも甘んじて受けるつもりではいたが、それにしてもオダブツ部屋とは……。

（ひどすぎる……！）

華彦は思った。オダブツ部屋こと尾田仏馬の組は、遠山金四郎《とおやまきんしろう》こと今の北町奉行左衛門尉景元《かげもと》が独自に設けたもので、ほかの組とはほとんど接触がなかった。ここに配属されると町廻りにも出られず、かといって内勤というわけでもなく、一生飼い殺しに等しい扱いとなる。もちろん出世の見込みなどない。「与力・同心の吹き溜まり」「役立たずの捨て場所」「奈落」などと称される所以《ゆえん》である。まわりのものは、日頃彼らがなにをやっているのかすらよくわかっていなかった。

町奉行所のなかには厳しい規律がある。公の場にいるものは二十五人の与力と百名余りの同心たちである。さまざまな役割があり、ときにはいくつもの役目を掛け持ちし、また、互いに協力しあって職務を果たす。下働きをする小者たちもいるが、御用聞き、いわゆる岡っ引きたちは奉行所のなかには入らない。彼らは同心がそれぞれ個別に世話をしている私的な手下なのだ。また、町奉行所内の私の場には、数人の内与力（町奉行自身の家臣）、家老、用人、下男、下女などがいて町奉行の私人としての暮らしの面倒を見る。

しかし、尾田仏馬の組に属するものたちは、そういった町奉行所内の規律からは大きく外れていた。与力溜まりや同心詰め所に彼らが姿を現すことはほとんどないし、いつ出仕していつ帰宅しているのかもわからない。いや、彼らが日中どこにいるのかすら知っているものがいない。奉行所の敷地の北側に五棟ある長屋の一室にたむろしているらしい、というものや、広い庭園の一角にある茶室を隠れ家にしているのだ、というものもいたが、いずれも推測にすぎなかった。そもそもまともに出仕しないのを町奉行の遠山景元が咎めぬこと自体がおかしいではないか。

現在、オダブツ組に所属しているのは、与力の尾田仏馬と同心二名、同心見習い一名……だとのことだった。だが、華彦は彼らに会ったことがない。同じ北町奉行所に勤めているというのに異常な話である。しかも、この組のものたちはほかの与力同心が実質的には世襲であるのに比して、一代限りの抱えとするよう遠山奉行は命じた。つまり、華彦に息子ができても、彼を同心にはできぬ、ということだ。

（立身出世して家名を上げることを望んでいたのに……下手をすると家が途絶えてしまう……）

　彼が出仕を拒むのも無理はないのだった。

◇

　結局、華彦は町奉行所に出勤することになった。姉や父親の強い説得に負けたのだ。

「華彦……起きてしまったことはしかたがないではないか」

　病床から顔を上げ、父の太三郎は弱々しい声で言った。

「また逃げるというのか。それもおまえの怯懦ゆえ、であろう。いつまでも逃げているわけにはいくまい」

「…………」

「おまえに残された道はその尾田組に入り、なんとか手柄を立てて、お頭からもとの町廻りに戻していただくことしかない。それはおまえもわかっているだろう」

「…………」

そうなのだ。組替えは町奉行からの命令である。出仕を拒んだとしても、今より悪い結果が待っているだけだ。

「わしは直には会うたことはないが、尾田仏馬殿と申すお方は、かつては敏腕与力として名を馳せた切れ者だそうだ。遠山さまのお声がかりで組頭になられたのだ。なにかがあるのだろう」

「なにかとはなにです」

「それはわからぬが……」

そこまで言うと太三郎は咳き込みはじめた。

「とにかく一度、尾田殿に会うてみよ。万事はそれからだ」

華彦はしぶしぶ重い腰を上げ、熱い飯に大根の味噌汁、大根葉のひと塩漬け、梅干……という朝餉をちゃっちゃと済ませると、空助とともに家を出た。町奉行所に向かうのではない。茸屋町《たけやちょう》にある「むかで湯」という湯屋に行くのだ。

「おう、来たぞ」

番台に座る看板娘のおつるに声をかけると、華彦はためらうことなく女湯に入っていった。江戸の湯屋は早朝から混む。仕事まえにひとっ風呂浴びたい職人たちが押し寄せるからだ。しかし、女湯は空いている。そこで、八丁堀の与力・同心たちは女湯を利用するのが常だった。女湯に彼らのための刀掛けが置いてある、など、湯屋側は八丁堀役人のために便宜を図っていた。もちろんときには小遣い銭を渡して、その礼はしている。

空助を外で待たせておいて、華彦は着物を脱ぎ、風呂場に入っていった。熱い水蒸気が白い靄のように室内を満たしている。華彦が湯船に浸かろうとしたとき、

「おい、逆勢じゃねえか」

華彦は露骨に嫌な顔をした。相手は彼の先輩にあたる同心、嵯峨野源九郎《さがのげんくろう》だった。

「今日はお大事の日、だったんじゃねえのか。今ごろゆっくり湯に入ってる場合じゃなかろう。だれよりも早くに出仕して、オダブツ部屋の諸先輩方にご挨拶申し上げねえとまずいだろうぜ」

「放っておいてください」

「へへ……それにしてもおまえが奈落落ちとはなあ。お気の毒さま。残念だよ」

「なにがです」

「出世競争の相手がいなくなったことが、さ。蛍さまさまだ。はっはっはっはっ……」

華彦は、よほど怒鳴りつけてやろうかと思ったが、やめた。どうせ負ける喧嘩だ。彼はそそくさと髭と月代《さかやき》を剃ると、湯浴みもそこそこに風呂を出た。まだ身体は温まってもいなかったが、どうでもよかった。

「どうにも早いお上がりですな」

空助に言われたので、

「嵯峨野が入っていた」

「えっ……」

空助も、嵯峨野源九郎の底意地の悪さはよく承知していた。

「なにか言われましたか」

「まあな……」

華彦は歩きながら、

（かならず奈落から這い上がってやる……）

そう思った。

一旦家に戻り、姉に髪を結ってもらう。小銀杏《こいちょう》といって、八丁堀同心独特の結い方だ。着流しに黒紋付、羽織の裾を織り込んで短くする。これを巻羽織という。細身の大小を落とし差しにし、足もとは紺足袋に雪駄《せった》履き。年若とはいえ、ようやく身についてきた同心の身なりだ。空助に弁当を入れた御用箱を持たせ、奉行所に向かう。足取りは重い。暗澹《あんたん》たる気分だ。この先には絶望しか待ち受けていないように思われた。門番や小者たちも心なしか華彦のことを嘲笑《あざわら》っているような気がしてならなかった。

（蛍を人魂と見誤って、盗賊を逃がしなすったんだとさ）

（とんだ腰抜けだね）

（やっとうの方はけっこうな腕前だと聞いてたけど……）

（意気地なしじゃあものの役には立つまいて）

そんなことを皆がささやきあっているように思って、今からでも家に飛んで帰りたかった。

同心部屋で先輩や同僚たちが談笑しているのを横目で見ながら、壁際に無言で座っていると、

「逆勢さま、尾田さまがお呼びです」

奉行所で召抱えている中間《ちゆうげん》が廊下からそう言った。ついに来た、と華彦は思った。

「うう……ううう……」

「逆勢さま……尾田さまが……」

「わ、わかっている。今、行く……そう言ってきてくれ」

「けど、逆勢さま、失礼ながら尾田組の溜まりがどこにあるかご存じですかい」

「知らぬ」

中間は薄笑いを浮かべると、

「だったら、あっしについてきてくだせえ」

その中間はひょこひょこと廊下を進み、華彦はそのあとからついていった。

（おや……？）

華彦は首をかしげた。中間は与力部屋や同心部屋、白州などが並ぶ公務の場ではなく、町奉行の住まいがある方へと向かっていく。

（どういうつもりだ……？）

華彦の疑念をよそに中間は、同心たちが訪れることなどまずない、奉行の居間へと続く廊下へと入った。

「おい……」

声をかけようとしたとき、廊下の向こうから若い娘がひとり現れた。おそらく奉行本人か奉行の奥方付きの女中だろう、と華彦は思った。町奉行所には女性はほとんどいない。下働きも皆男性だし、食事を作るのも賄い方中間が行う。

「今日から尾田組だとさ。頼むぜ」

中間が言うと、女は頭を下げ、

「承っております」

「じゃあな」

中間はきびすを返して帰っていった。

（え？　え？　え？）

華彦がうろたえていると、

「ここからはわたくしがご案内いたします。どうぞ」

女はそう言うと先に立って歩き出した。しかたなく華彦はそれに従う。

廊下を突き当たったところに、中庭に出る縁があった。町奉行所の中庭は広大である。

（中庭のどこかに茶室があったはずだ。もしかしたらあそこが……）

そうではなかった。女は庭に出る手前にある小さな作事小屋の戸の鍵を開けた。奥の暗闇に目を凝らすと井桁《いげた》に切られた穴のようなものがあり、そのなかにはなんと地下へと続く階段があった。階段の先がどうなっているのかは真っ暗で見えぬ。

「お、おい、ちょっと待て。まさかここが……」

「はい、尾田組でございます」

華彦はぶるっと震えた。闇のなかを下っていくのが、その……怖いのだ。

「どうなさいました。ささ……早く……」

「いや、その……ああ……」

「皆さま、お待ちかねでございますよ」

「わ、わかっておる」

すくんで動かぬ足を必死で動かそうとしたが、動かないものは動かない。華彦が顔を真っ赤にして階段をのぞきこんでいるといきなり後ろから「どん！」と突かれた。

「ぶわっ……！」

華彦は井桁のなかに頭から落ち込んでいった。

◇

気がついたとき、華彦は薄暗い部屋にいた。あわてて起き上がり周囲を見渡すと、五人の男女が円座になって華彦を取り囲んでいた。さっきの女中らしき女もいる。

「おまえ！　私を突き飛ばしただろう！」

華彦が思わずそう叫ぶと、

「あんたがぐずぐずしてるから、イラッときてねえ、つい『ドーン！』とさあ……へへへ、堪忍してちょ」

「なにが『堪忍してちょ』だ。危うく死ぬところだったんだぞ！」

「人間のこしらえってのは頑丈にできてる。あれぐらいじゃ死なないさ」

女の口調はさっきとはうってかわってぞんざいだった。

「打ちどころが悪かったらどうする。私は同心だぞ。それを……」

「おい……」

野太い声がしたので華彦はそちらに目をやった。心臓がバクッと音を立てた。そこにあぐらをかいて座っていたのは、まるで石川五右衛門《いしかわごえもん》の大百日蔓《おおひやくにちかづら》のように月代をぼうぼうに伸ばした巌《いわお》のごとき大男で、腕も脚も丸太のように太く、剛毛が密生している。顔は獅子のようにいかつく、太い眉はいわゆるゲジゲジ眉毛というや

つだ。唇も分厚く、餅のようだった。年齢は四十歳ぐらいか。大男はぎょろりとした目で華彦をにらみつけると、

「いつまでくだらぬことをしゃべっておる。おまえが新入りか」

「は、はいっ」

華彦は正座すると、その男に頭を下げた。分厚いどてらを着込み、手には太い煙管《きせる》を持っている。

（なにが組替えだ。これじゃまるで牢名主に挨拶してるみたいだよ……）

そんなことを思っていると、

「わしが与力の尾田仏馬だ。今日からおまえはわしの配下となる。よいな」

「は、はいっ。逆勢華彦と申します。どうぞお見知り……お見知り……おみ……」

緊張のあまり口がうまく回らない。

「もうよい。おまえがともに働く同僚を紹介するゆえ、顔と名を覚えよ。――まずはこやつが……」

仏馬は左隣の、だらしなく壁にもたれかかって座っている痩せた男の方を向いた。一応、着流し姿なのは同心らしいが、その着こなしもだらしなく、胸ははだけ、帯も解けかかっている。尾田仏馬ほどではないが月代を伸ばしており、口髭もたくわえていて、まるで素浪人のような風体だ。

「改役《あらためやく》の無辺左門《むべさもん》だ。よろしくな」

「改役……？」

なんの改役なのか、と華彦はたずねようとしたが仏馬は、

「たずねたいことはあとにしろ。つぎは……」

そして、左門の隣に窮屈そうに座っていた男を見やった。相撲取りのように肥え太った堂々たる体軀である。髷も、八丁堀同心定番の小銀杏ではなく、大銀杏に結い上げている。腹も突き出し、肩の肉も盛り上がっている。

「わっしは吟《ぎん》味《み》役《やく》の旭《あさ》日《ひ》嶽《だけ》宗《そう》右《え》衛門《もん》じゃ。元は紀《き》州《しゅう》公お抱えの関取でのう、小《こ》結《むすび》までのぼったあと、ご家老の養子となり、士分になった。そのあと縁があって今はこうして尾田さまのために働いておる。見知りおかれませい」

相撲取りのように、どころか相撲取りそのものだった……。

「は、はい、こちらこそ……」

華彦は頭を下げたが、内心では、

(元相撲取りが同心……？　めちゃくちゃじゃないか。それに吟味役って、なんの吟味役なんだ？)

そう思っていた。しかし、旭日嶽の隣にいた人物を見て、もっと「めちゃくちゃだ……」と思った。そこに座っていたのは、どう見ても十二歳ぐらいの少年だったからだ。しかも、武士の子とは思えぬ。どう見ても店の小僧か長屋の子せがれのような風体だった。その少年は華彦を見つめ、

「にいちゃん、今、おいらのことを『店の小僧か長屋の子せがれ』って思っただろ」

声変わりまえの甲高い声だ。

「え……？　え……？　え……？　どうしてそれを……」

「おいらはときどき、他人の心がわかるのさ。いつもってわけじゃないけどね」

「そんな馬鹿な」

「へへっ、そう思うかい？　にいちゃん、さっき旭日嶽さんを見たとき、相撲取りが同心なんてめちゃくちゃだ、と思ったろ？」

「いや……そんなことは……」

「おいらは塵太郎《じんたろう》。同心見習いさ。よろしくな。わかんないことがあったらなんでもきいてくんな」

「同心見習い……って、おまえは町人ではないか」

するとと、尾田仏馬が、

「このものは身寄りがないのでな、わしが引き取って養育しておる。町人体の格好をしておるのは、そのほうが役目のうえでいろいろ都合がよいからだ。年少とは申せ、この組ではおまえの先輩だ。いろいろ教わることも多かろう。先輩への礼を忘れぬようにいたせ」

苦々しい顔をした華彦に塵太郎は、

「礼を忘れぬようにいたせよ……にいちゃん！」

「うるさい！　にいちゃんとはなんだ！」

「じゃあねえちゃんか」

「逆勢さまと呼べ」

「呼べねえなあ、にいちゃん」

憮然とする華彦に仏馬は厳しい顔で、

「遊びごとではないのだぞ。仲良くせぬか。——その隣におるのが……」

さっきの女が婉然《えんぜん》と微笑み、軽く一礼した。

「このものならば存じております。さきほど私を突き落としたけしからぬ女中でございましょう！」

「夜視《やみ》は女中ではない。歴としたわが組の人数《にんず》のひとりだ」

「お、女が、でございますか？」

そんな馬鹿げた話は聞いたことがない。

「さようさ。伊賀の夜視姫と申して、元は九ノ一だ」

「く、九ノ一……？」

この泰平の世に忍びのものがいるなど、華彦には考えられなかった。夜視はにっこり笑って、

「よ・ろ・し・く……！」

「ううう……」

華彦は呻いた。オダブツ組が奈落だとは聞いていたが、本当に奈落の底に落とされるとは思わなかった。

「この五人におまえを入れた六人が尾田組だ。これまでの定町廻りでの積み重ねはすべて捨て、早う組のやり方に慣れるのだ。わかったな」

「は、はあ……」

定町廻りの体験をすべて捨てろ、と言われても、華彦には承服できなかった。多くのことを学んだし、いつまでもしがみついていたかった。この部屋の様子を見ていると、その思いはより強くなり……。

「へへへへへ、尾田さま、あたくしのことをお忘れじゃありやせんか？」

部屋の隅からのそのそと熊のように這い出してきた男がいた。月代を広く剃り、小さな髷をちょこんと乗せた町人で、尾田仏馬のまえで正座すると扇子で頭をぺちぺちと叩いた。

「なんだ、グツ蔵《ぞう》、来ておったのか」

「へえ、こちらで皆さんのご挨拶を聞かせていただいておりました。あたくしのこともこちらの新入り、いえ、新しいお仲間さんにご紹介いただけませんかね」

「わかったわかった。この男は噺家《はなしか》の林家《はやしや》グツ蔵と申してな、怪談噺を得意にしておるのだが、ときどきタネを拾いにここに来るのだ」

「へへへへ、尾田さまはときどきとおっしゃいますが、まことは毎日入り浸っております。ここに来ると、怪談のタネにはことかきませんので」

嘶家風情が毎日、町奉行所の一室に入り浸っている、というのも規律の点で許せることではなかったが、それよりも華彦には気になることがあった。

「あの……ここに来ると怪談のタネにことかかぬ、というのはいったいどうして……」

「あれ？　逆勢さまはご存じじゃなかったんで？　この組というのは……」

グツ蔵がそう言いかけたとき、彼の後ろからなにか黒いものが、

「ブキャアアッ！」

と叫びながら現れ、華彦に跳びかかった。

「うわあっ……ヒャアアあああっ！」

華彦は恐怖のあまり涎《よだれ》を撒き散らしながらものすごい速さで後ずさりし、後頭部を部屋の壁に思い切り打ちつけてもまだ下がろうとした。

「あへ……あへあへあへ……」

息をすることもできない彼のありさまをじっと見ていた尾田仏馬は、

「うむ、これなら及第だ。まことの臆病者だな」

無辺左門もうなずいて、

「猫に飛びつかれたぐらいでこうも怖がるとは、思っていた以上に使えそうだ」

「ね、猫……？」

華彦がよく見ると、彼のまえにいるのは毛並みのいい黒猫だ。華彦のことなど忘れたように前足をなめている。旭日嶽が笑いながら、

「こいつはうちの組のひょうきん者で、名を魂《たま》という。人魂の魂じゃ。そう言えば、おまえさん、墓場で蛍を人魂と見間違えたそうじゃのう。ずいぶんと面白い男《おのこ》じゃ」

なにも面白くない。これから毎日、蛍と人魂のことでからかわれるのかと思うと華彦は、

（もういやだ……お頭に直訴して、組替えしてもらおうか。こうなったらどんなお役目でもいい……）

塵太郎が、

「あ、にいちゃん、今、お頭に直訴して組替えしてもらおう、と思っただろ。どっこいそうはいかねえよ。――なあ、魂」

華彦には、猫がくすくす笑っているように思えた。

「このドラ猫め！」

華彦がののしると、魂は華彦に向かって爪を向け、

「うぎゃあああっ」

「ひーっ！」

華彦は頭を抱えた。皆は大笑いした。華彦は悔しそうにグツ蔵に、

「なにがおかしい！　ほかのものはともかく、どうしておまえのような噺家などに

笑われねばならぬのだ！」

「へえ、すいやせん。頭を抱えた格好があんまりおかしかったもんで……。今度、高座で真似させてもらってもよろしゅうござんすか」

「おかしくなどないわ！　それに……さっきおまえが言っていた『ここに来ると、怪談のタネにことかかない』というのはなんのことだ」

「あれ？　尾田の旦那、まだ話してなかったんで？」

「一度にあまりいろいろ申して、ビビりすぎて使いものにならなくなっても困るからな」

華彦は顔をひきつらせて、

「どどどどういうことです」

「わが尾田組はな……魑魅魍魎を取り締まるのがお役目なのだ」

「チミモウリョウ？」

「聞いたことはないか」

「いえ……あります。つまり、その……」

華彦はみるみる蒼白になった。仏馬はうなずき、

「そうだ。狐狸《こり》妖怪変化のことだ」

「そそそんなもの、まことはおりませんよね。芝居や落語、講釈、戯作本なんぞの作りごとで……」

「それがおるのだ。われらの務めは、江戸の町に近頃頻々《ひんぴん》と現れる魑魅魍魎を見つけ出し、吟味し、退治することだ。この無辺左門は変異《へんい》改役《あらためやく》、そして、この旭日嶽宗右衛門はあやかし吟味役。わしはその両役を与力として束ねておる」

「まさか……冗談で言っておられ……るわけではないのですか？　マジですか？　そんなお役目、私にはとうてい務まりません。だってそうでしょう？　私は怖がりですよ。臆病ですよ。もっとも向いておりません。辞めさせてください。というか、辞めます。辞めるしかありません！」

「それがだな……どうしてもおまえの力が必要なのだ」

「知りませんよ、そんなこと。そもそも近頃、江戸に魑魅魍魎が頻々と現れるなんて聞いたこともない。――あ、わかった。みんなで私をからかっているのですね。稀代の怖がりが組に入ってきたから、ひとつ脅かしてやろう、なんて……皆さんもひとが悪い。ねえ……そうでしょう？　冗談なんでしょう？　ねえ、なんとか言ってください。ねえねえねえねえ」

そのとき、背後から声がした。凜と透きとおるような声だった。

「そのあたりのことは、わしから話をしよう」

皆が一斉にそちらを向いたので華彦も振り向いてみて……仰天した。そこに立っていたのは、北町奉行遠山金四郎景元だったのだ。太い眉に涼しい目、鼻筋の通った凜々しい顔立ちで、髷を一本の髪の乱れもないほどきっちりと結い上げている。

華彦は同心として、これまで幾度も金四郎と対面したことはあるが、それは行事や訓示のときなどに末席を汚していただけであって、こんなに近くで接するのははじめてだった。

かつては家を飛び出して町屋で放蕩三昧の暮らしを送り、ヤクザや遊び人連中とも交わって、背中に刺青を入れているという噂すらある遠山奉行だが、間近で見るその貫禄はものすごく、崩れたところは微塵も感じられなかった。

(こんな穴蔵みたいなところにどうしてお頭が……)

そんなことを思いながら華彦はその場にべたりと伏したが、ほかのものたちは軽く礼をしただけであとはにやにや笑っている。町奉行の権威のまえに土下座すべきである同心見習いの小僧や九ノ一、噺家なども一向気にする様子がない。

金四郎はみずから抱えていた一斗樽をその場に置くと、

「その方が同心逆勢華彦か」

「ははっ」

「本日よりここがおまえの仕事場じゃ。お役目第一と心得、しっかり務めよ」

「そ、そのことでございますが……」

華彦は顔を挙げ、藁にもすがる気持ちで思い切って言った。

「わ、わ、私は生来の怖がりでございます。聞けば、ここは魑魅魍魎を相手にするような組であるとか……。私への懲罰の儀、ほかのことならばいかなるものもお受けいたしまするが、かかる恐ろしいお役目はとうてい務まりがたく……」

「懲罰の儀だと？」

遠山金四郎は低い声で言った。華彦の全身がすくんだ。

「おまえは、此度の組替えをおまえのしくじりへの懲罰と思うておるのか」

「ちがうのですか。尾田組は吹き溜まりだ、とか、奈落だ、とかもっぱらの噂でございます。花形の定町廻りからこんな化けもの相手のところに落とされて……これが懲罰でなくてなんなのです」

遠山奉行は威儀を正し、

「よいか、逆勢、よっく承れ。大盗賊三名を逃したおまえのしくじりは、おまえだけのことにとどまらぬ。上《かみ》の威光に泥を塗ったのだ。本来ならば、叱責だけでは済まぬ。免職が相当ではないか……とわしは考えた」

「め、免職……」

華彦の目から涙があふれた。ぐすんぐすんと洟《はな》をすする華彦に、

「おまえのせいで、江戸の町のものは向後も盗人への恐怖に震えねばならぬのだ。当たり前だろう」

「ははっ」

「なれど、ここにおる尾田仏馬がおまえをおのれの組に欲しい、と申してまいった。それゆえおまえの首はかろうじてつながったのじゃ。——逆勢、今のおまえの居場

所は町奉行所のなかにはここしかない。同心を辞めるか、ここでがんばるか、どちらがよいかのう」

「こここここ……」

「鶏か」

「ここでがんばります！」

「ならばよい。——さて、魑魅魍魎のことだが……」

「やはりその話になりますか。——うかがいましょう。こうなったら矢でも鉄砲でも持ってこい、だ」

「黙って聞け。——先ほど尾田が申していたとおり、近頃、江戸の町に、妖怪がなした業としか思えぬ出来事が多発しておる。はじめは、町奉行所としても無視を決め込んでいたが、そうもいかぬほどの数になってきた。それらのほとんどは見間違い、勘違い、人間が妖怪の仕業に見せかけたこと……などだが、わずかばかりではあれどそういう理屈では片付かぬ件がある。そういうものに対処するためにわしが自費で設けたのがこの尾田組じゃ」

「お頭が自費で……？」

「さようさ。この組には町奉行所の金は一文たりとも費やしておらぬ。すべてわしの懐からでておるのじゃ。だから、小僧がおろうが、女がおろうが、かまうことはない」

「な、なるほど……」

　一代限りの抱えだという意味がわかった。

「まずはそういう変異を見つけ出し、まことに妖魅の仕業かどうか見極めねばならぬ。それが変異改役の役割じゃ。そして、たしかにそうとわかったなら、あとはその魑魅魍魎、あやかし、物の怪、鬼、魔……なんと呼んでもよいが、変異を起こしているものを退治せねばならぬ。それがあやかし吟味役の役割じゃ。おまえはその補佐を行う」

「………」

　ふたたび涙目になるのを華彦はぐっとこらえ、

「人間が、妖怪変化の類を召し捕ったり、吟味したりできるとは思えませぬ。ましてや、私のようなものに……」

「いや、おまえにはおまえの役割がある」

「え？　それはいったい……」

「あ、いやいや……なんでもない。心して忠勤せよ、ということじゃ。わかったか」

「心得ましてございます！」

　華彦は叫ぶように言った。こうなったらやけくそだ。

「お頭……ひとつだけおうかがいしてよろしいでしょうか」

「うむ。言うてみよ」

「あの……どうして近頃、その魑魅魍魎が江戸に現れだしたのでしょうか」

「それはじゃな……」

遠山景元は眉根を寄せ、

「あの男が来てからじゃ」

「あの男……？」

尾田仏馬が、

「お頭、それは今は言わぬ方が……」

「む、そうじゃな。――では、わしは戻るゆえ、あとは任せたぞ」

そして、ふと思い出したように一斗樽を見て、

「その酒はわしからの祝いじゃ。飲んでくれい」

「いつもありがとうございます」

皆が頭を下げ、華彦もあわてて一礼した。

遠山奉行が去ったあと、華彦は大きなため息をついた。

「町奉行所の同心になったときには、まさか化けもの退治をすることになろうとは思わなかった……」

無辺左門が、

「これでわかったろう。朝出仕して、夕刻帰るようなまともな勤めぶりでは、物の怪を相手にゃできねえってことさ。おまえも覚悟を決めて、ここのやり方になじむ

ことだな。でないと、キツいぜ」

旭日嶽宗右衛門も、

「そうじゃとも。わっしらはお頭に命を預けておる。あとは成り行き任せじゃ。なにせ相手は盗人でも人殺しでもない。物の怪じゃからのう」

麿太郎が、

「あっ、にいちゃん、今、『あんたら普通の人間だろう？　相撲取りや九ノ一ごときじゃ化けものに勝てるとは思えない』……そう思っただろ」

「う、うるさい！　いちいち心を読むな」

尾田与力が身体を小刻みに震わせて笑い、

「ただの人間が物の怪に抗するにはそれなりのやり方があるものさ。ゆるゆる教えてやろう。だが、それは明日からのこととして、今日は、新入りが来ためでたい日だ。酒でも飲むか」

「それがよい、それがよい」

無辺左門が喉を鳴らし、

「待ってました」

旭日嶽が舌なめずりをした。グツ蔵が、勝手知ったる……という態度で水屋から湯呑みを人数分取り出し、皆に配った。樽の蓋が外され、麿太郎が柄杓で酒を湯呑みに注いでいった。おのれのまえの湯呑みにも注いだので、思わず華彦が、

「おい、おまえも飲むのか」

「そうだよ、にいちゃん。いけねえのかい？」

「いや……こどもだから……」

「こどもこどもって言うなよ。おいら、同心見習いだぜ」

「わかったわかった。――おい、その茶碗はなんだ」

塵太郎が小さな欠け茶碗にも酒を注いだのを華彦が見咎めると、

「みー……」

魂がやってきて、その酒をなめはじめた。

「こ、こいつ、化け猫じゃないだろうな」

華彦が言うと仏馬が苦笑いして、

「魂に先を越されたな。わしらも後れをとってはいかん。――逆勢の祝いだ。皆、無礼講で飲め」

それからはじまった酒宴……いや、酒盛りといった方がよいだろう……は華彦がこれまで経験したことのないようなものだった。肴もなく、ただひたすら飲むだけだ。酒は好きだがそれほど強くはない華彦はすぐにへろへろになったが、ほかの連中は夜視も含めてがぶりがぶりと同じ歩調で飲み続けている。なかでも旭日嶽は途中から湯呑みをやめて、三合は入ろうかという丼で飲みはじめたので、はかがいくことおびただしい。

「ああ……もうだめだ」

真っ赤な顔で湯呑みを置いた華彦に夜視が、

「なんだ、情けないねえ。魂でさえ、あんたよりも飲んでるってのに……そっちのすまぐらで横になってな」

そう言われると引き下がれない。華彦はなおも湯呑みに口をつけようとしたが、大きなくしゃみを連発してしまった。夜視が、

「なんなの、あんた。鼻水が盛大に垂れてるよ。これで拭きなさい」

そう言って、懐紙をくれた。

「しゅ、しゅみましぇん……」

華彦は鼻をかんだあと、

「お返ししましょうか」

「いらないよ、そんな汚いもの。もう飲まないんだね？」

「うっぷ……」

ふたたび試みたが、それ以上はどうしても飲めず、

「すいません。――寝ます」

湯呑みを床に置き、その場にごろりと横になった。腹が立つのは、塵太郎がけろりとしていることだが、まあ酒量はひとそれぞれなので仕方がない……。

そのあとの記憶は、ぷつりと切れていた。

「逆勢さん……逆勢さん……」

どこかで彼を呼ぶ声がする。

「逆勢さんってば……もう、じれったいなあ……」

女の声だ。姉上だろうか……。

「こらあっ、この洟垂れ！　お役目だよ、起きなさい！」

華彦がうっすら目を開けると、そこにいたのは夜視だった。

「酒でしたらお断りしましゅ。もういただけません……」

「飲まなくていいんだよ。——起きな。行くよ」

「え？　どこへ？」

「お役目だって言ったろ。物の怪が出たんだよ」

「ひーっ」

酔いが一度に醒めた。無辺左門が大刀だけを腰にぶちこみながら、

「平右衛門町《へいえもんちょう》の裏通りで、大工が宙に吊り下げられたらしいんだ」

「吊り下げられてる？」

「ああ、まるで目に見えねえ大男に首っ玉をつかまれて持ち上げられたみてえにな。

そのまま落っことされて、大工は怪我をしたそうだ。一緒にいた大工仲間が番屋に駆け込んできたらしい」

ここで言う番屋とは自身番のことで、各町内に設けられており、定町廻りは番屋

から番屋を廻り、町内になにごともないか、と声を掛けるのが日課だった。町内になにかあると、まずは番屋に届け出るのが普通である。旭日嶽が太い金棒を肩に担《にな》いながら、

「近頃は、番屋に届けられた報せのなかに奇っ怪なものがあったら、北町の尾田組に届け出よ、という定めになっておるのさ」

「まことですか？　大工などといった職人は平気で嘘をついたり、冗談を言います。信用なりませんよ」

無辺左門がぐいと身を乗り出し、

「それを見極めるのがこの俺、変異改役の仕事だ。ぐずぐず言ってねえで早く支度しやがれ、こののろま！」

あわてて華彦は立ち上がろうとしたが、酒が残っていて足がふらつく。それでもなんとか立つことはできたものの、天井がぐるぐる回る。しかも、急になにかがこみ上げてきた。

「す、す、すいません。ちょっと失敬……」

彼は必死で階段を駆け上ると、作事小屋の隅で嘔吐した。あとから上がってきた無辺左門たちが、

「あーあ、やっちまいやがった。あとできちんと掃除しておけよ。尾田さまにどやしつけられるぞ」

華彦は青い顔で、

「気分がすぐれません。今日は留守番させていただいてもいいですか」

「ダメだ。来い」

旭日嶽に大きな手で背中を「どん！」とどやしつけられ、華彦はふたたび吐いた。

泣きながら手拭いで口もとを拭っていると、夜視が来て、

「着物がめちゃくちゃになってるよ。だらしないねえ。ちょっと立ってな」

そう言うと、着物を整え、帯を巻きなおしてくれた。

「やっぱり行かなきゃダメでしょうか」

「あったりまえだろ？　それがあたしらの務めなんだよ」

「ううう……」

逃げると困ると思ったのか、左右から無辺左門と旭日嶽が挟むようにして華彦を
中庭に連れ出した。グツ蔵が、

「あたくしもお供してようがしょうか。いいタネが拾えそうでやすから」

「ああ、かまわねえさ」

左門が言った。こうして左門、旭日嶽、華彦の三同心と同心見習いの塵太郎、九
ノ一の夜視、噺家の林家グツ蔵の六人は、町奉行所の裏口からそっと外へ出た。

◇

すでに時刻は昼を回っていた。太陽を分厚い雲が覆い、陰鬱な空模様だった。一同は風のように江戸の裏通りから裏通りをひた走った。巨体の旭日嶽も、金棒を引っ下げたまま軽々と疾走する。華彦は、途中で何度も小間物屋を広げながらも彼らを追い、ようよう平右衛門町に着いたときには完全に息が上がっていた。

「ふえ……ふえ……少し休息を……」

塵太郎が、

「情けねえなあ。こわがりのうえにドジで、そのうえ足腰も弱いときた日にゃ、いいとこなしだぜ」

「う、うるさ……い……！」

六人は四つ辻にある番屋を訪れた。表から旭日嶽が、

「番人……番人！」

と呼ばわった。戸が開いて、しょぼくれた顔の自身番が顔を出した。旭日嶽は十手を示し、

「北町の尾田組のもんじゃ。大工が宙吊りにされた、ちゅうのはまっことか」

「へえ……当人たちはそのように申しております」

「その大工は今、おるか？」

「いえ……腰を打って歩けないので、一緒にいた友達の大工が医者に連れていきました」

「吊り上げられた場所はどのあたりじゃ」

「ここから西へちょいと行ったところにある裏路地でございます」

「案内できるか」

「へえ……」

自身番を先頭に一同はその路地へと向かった。太陽が雲に隠れているうえ、裏路地は日当たりが悪く、ほとんど夕方のような暗さだった。

「なんだか嫌ーな感じですね……」

華彦は前後左右を気味悪そうに見回した。無辺左門が、

「しっかりしねえか。尾田組に入っての初仕事だぜ」

「は、はい……」

そうは言うものの、どうしてもへっぴり腰になってしまう。

「地蔵があった、てえますからここらあたりのはずです」

自身番が立ち止まったのは、よく見ないとわからぬほどに小さな石地蔵のまえだった。彫りも稚拙で、ただの石とさほど変わらない。

「物の怪の仕業だとしても、もうかなり時が経ってますからどっか行っちまったん

じゃないですかね」

グツ蔵が扇子で自分をあおぎながらそう言った。華彦は「物の怪」という言葉に敏感に反応し、

「物の怪だなんて口にするんじゃない！」

「じゃあ、どう言えばいいんで？」

「せめて……『お化け』ぐらいにしてくれ」

華彦は傍目にもそれとわかるほどガタガタ震えながら言った。旭日嶽がグツ蔵に、

「たしかに今までなら、なにごとかが起きても、わっしらが駆けつけたときには連中はおらんようになっていることが多かったが……今日からは違うかもしれぬ」

「ほう……物の怪が戻ってくるってえんですかい？」

華彦はまた悲鳴を上げ、

「『お化け』って言えって言っただろう！」

旭日嶽がちらりと華彦を見、

「こいつがおるからのう」

「あ、なーるほど……」

華彦はいぶかしそうに、

「それ、どういうことです。私がいるからどうだっていうんですか」

そう言ったときだった。地面をさらうように一陣の風が吹いたかと思うと、自身

番の身体がいきなり宙高く舞い上がった。

「うわあああっ」

自身番は脚をばたつかせながら悲鳴を上げた。華彦は腰を抜かしてその場に尻餅を搗《つ》き、鯉のようにあうあうあう……と口を開け閉めしている。

「来たな」

無辺左門が十手を抜いて、自身番に向かって構えた。

「おう……やはり戻ってきたのう」

旭日嶽が四股《しこ》を踏んで気合いを入れたあと、金棒を振りかざした。夜視と塵太郎は一歩ずつ退きながらも宙から目を離さない。グツ蔵はかなり後ろに下がって様子を見ている。

「もう嫌だ。勘弁してください。こんなお役目……嫌だ嫌だ嫌だ嫌だ」

へたり込んだまま叫び続ける華彦に、旭日嶽が、

「おまえさん、ちいと静かにしなされ。物の怪が逃げるわい」

「物の怪って……あのカラスみたいなやつのことですか？　ひえっ、殺される。助けてえっ」

「今はおまえさんよりも自身番を救うことが先決じゃ。頼むから黙ってたもんせ」

「そう言われても……」

すると、無辺左門が、

「おい……逆勢、おまえ、あの黒い鳥みてえなのが見えるのか?」

「はい。自身番の帯をくわえて飛んでます」

左門と旭日嶽は顔を見合わせた。

「まさか……こいつ……」

と、そのとき、ケケケケ……というけたたましい声がしたかと思うと、突然、自身番は凧の糸が切れたように墜落した。

「いかん……!」

旭日嶽が両手を広げてすばやく走り、なんとか自身番の身体を受け止めた。旭日嶽は自身番を地面にそっとおろすと、華彦に向かって、

「おまえさんも……視《み》えもんじゃったか」

そう話しかけたが、華彦の返事はなかった。気絶していたのである。

◇

「うーむ……これは番狂わせだのう」

尾田仏馬は腕組みをしてそう言った。町奉行所に戻ってきた六人は詳細を報告したのだが、はじめのうち仏馬は、信じられぬという顔つきだった。いまだに身体の震えがとれぬ華彦を仏馬は凝視して、

「おまえは黒き鳥が自身番をくわえあげているのを見た、と言うのだな」

「は、はい……カラスだと思いますが、鷲《わし》のように大きなカラスでございました。あれはいったい……」

仏馬は林家グツ蔵に向き直り、

「グツ蔵、おまえには鳥が見えたか」

「いいえ、あたくしにゃ自身番がひとりで宙に浮いてるようにしか見えませんでした」

「だろうな……」

華彦は怪訝そうに、

「どういうことなのです。私には見えてグツ蔵には見えないカラスというのは……」

「あれは……カラス天狗だ」

「ええっ？」

「木っ葉天狗ともいうが、普段は山中におる物の怪だ。深山にいると、どこからともなくけたたましい笑い声が聞こえてきたり、木が勝手に倒れたり、山小屋がぐらぐら揺れたりする。つまり……天狗というのはひとの目には見えぬものなのだ」

「でも、草子などには、鼻が高くて赤ら顔の、山伏みたいな格好をした天狗の絵がよく載っておりますが……」

「あれは人間が勝手に頭で作り上げた天狗の像だ。元来の天狗は屑鳶《くそとび》などと申して、目に見えぬ鳥の怪なのだ。急につむじ風が吹いて往来のものが木に吊るされたり、さっきのように空高く舞い上げられたり、隣を歩いていたこどもの姿が急にいなくなったり……それらの多くはカラス天狗の仕業だ」

「はあ……」

「物の怪のほとんどはひとの目には見えぬ。ただ、やつらがなにかをした痕を見ることで、物の怪がここにいたのだろう、と気づくだけだ」

尾田仏馬の言わんとしていることはこうだ。妖怪の姿を人間は見ることはできないが、妖怪が起こした現象を見ることはできる。山中で高笑いが聞こえたら「天狗笑い」、木が倒れたら「天狗倒し」とその現象に名前をつけることで、天狗という妖怪の存在を想像する。また、汚い天井を見ると「天井なめ」の仕業だ、と思い、行灯《あんどん》の油が減っていると「油赤子」の仕業だ、と思い、夜道で後ろから足音が聞こえてくると「べとべとさん」の仕業だ、と思い、それらの妖怪の姿かたちを勝手に思い描く。それが物の怪と人間の付き合いかたなのだ。なかには姿を現す妖怪もいるが、それは向こうが「顕現したい」と思ったときだけだという。

「だが、まれに物の怪の姿を『視る』ことができるものがおる。千人に、いや、万人にひとりほどの割合でそういう力を持ったものがいて、わしは遠山さまの命を受け、そういう連中を集めてこの尾田組を作ったのだ。無辺左門も朝日嶽も夜視も塵太郎も『視る』ことのできる『もの視《み》』たちなのだ」

「つまりは、私もそういう力があるということで尾田さまがこちらの組に引き抜いてくださった、と……」

「ちがう」

「え？」

「物の怪は、どこに現れるかわからぬし、現れてもすぐに立ち去ってしまうゆえ、召し捕るのは容易ではない。だが、やつらは人間が怖がるととても喜ぶ、ということがわかってきたのだ。臆病者がいると、物の怪はそのものの周辺に現れる」

「ということは、つ、つまり……」

「そういうことだ。おまえは物の怪をおびき寄せるための囮なのだ」

「ななななんということを！」

　大声を上げた華彦に向かって仏馬は続けた。

「すまぬな。定町廻りに蛍を人魂と間違えて大騒ぎするような名うての臆病者がおる、と聞いてな、どうしてもうちの組に欲しい、とお頭に申し出て、おまえを譲り受けたのだが……まさかおまえも『もの視』だったとは気づかなかった」

　夜視が、

「ということは、このひとが見たっていう蛍も……」

「まことの人魂であった、かもしれぬな」

「ひええっ」

華彦がぶっ倒れそうになったので、左門が、

「いい加減にしろ。そうたびたび気を失われてはたまらん。慣れろ。視えるものはしかたねえだろ」

「そんなもの、視たくありません！」

塵太郎が不思議そうに尾田仏馬に、

「でも、これまではどうして物の怪を視てなかったんでしょう」

「視えたことがあっても、それと気づかなかったのかもしれぬ。また、物の怪の多くは山中や田舎に棲む。江戸市中に急にその数が増え出したのはごく近来だ」

「なるほど……」

華彦はうるうるした目で、

「では……私はどうなりますので？」

「どうもならぬ。おまえが視えていようといまいと、臆病であることに変わりはない。どんどん怖がってくれ。そうすれば物の怪たちはおまえのまわりに寄ってくる。そこをわれらは召し捕るのだ」

「嫌ですっ、そんな役目！」

夜視が、

「よっ、怖がり日本一！」

グッ蔵が、

「天下御免の臆病者！」

さすがの華彦もムッとして、

「たしかに私は臆病だが、日本一ということは……」

そう言いかけたとき、箪笥のうえに乗っていた魂が彼の肩に飛び乗った。

「ぶわあっ！」

泡を吹かんばかりに驚いている華彦に尾田仏馬は、

「それでよい。組のため、大いに働いてくれ」

◇

こうして逆勢華彦のオダブツ組での日々がはじまった。

尾田仏馬、無辺左門、朝日嶽宗右衛門、夜視といった先輩たちは、好きな時刻にやってきて、好きな時刻に帰っていく。そもそも華彦は彼らがどこに住んでいるのかも知らぬ。尾田仏馬は八丁堀の与力町にある拝領屋敷に住んでいるようだが、左門や旭日嶽は同心町ではついぞ見かけたことがない。一代限りの抱えゆえ、屋敷を与えられていないのかもしれない。

（私のところもいずれそうなるかも……）

華彦にはそうなることが恐ろしかった。

(私が同心をクビになったり、こどもに跡を継がせたりしたら、屋敷を取り上げられ、一家が路頭に迷うのではないか……)

代々にわたって住み暮らしてきた屋敷を失うようなことになったら、それこそ父親に、いや、逆勢家の先祖に顔向けができない。華彦は、与えられた仕事を必死でがんばるしかないのだ。たとえ、それがもっとも苦手な「物の怪」相手の仕事だとしても……。

家族には、尾田組の役目がそういう「この世ならざるもの」を扱うものであることは知らせていない。尾田与力から、

「世間から奇異に見られては仕事がやりにくくなる。くれぐれもお役目の中身は肉親、親族、友人、町奉行所の傍輩にも打ち明けてはならぬ」

と釘を刺されたからである。また、華彦もそんな部署に配属になったことは言いたくもなかったし、たとえ言っても信じてもらえるかどうかはわからなかった。

また、華彦はおのれが「視える」体質だということを知ってしまったが、それも家族には内緒にしている。尾田組の役目の中身につながる話のうえ、それこそ「おまえ、なにを言うてるの」と鼻で笑われそうだからである。

病床の父親が心配して、

「どうだ、華彦。新しい組でうまくやっておるか」

「はい、父上。尾田殿も良い方ですし、ほかの先輩方もなにかと目をかけてくださいます」

「うむ、ならばよい。おまえの臆病さが迷惑をかけておらぬかと案じておったのだ」

その臆病さゆえに期待されているのだ、と知ったら太三郎は目を剝くだろう、と華彦は思った。組には女やこどもがいる、などということも口が裂けても言えない。

「尾田組は今のお頭……遠山さまのお声がかりで新しく設けられた組だそうで、つまりはお頭からの信頼も厚いのです」

「なるほど。それを聞いて安堵した。一刻も早う手柄を立てて、その信頼に応えるようにいたせ」

「心得ております」

日々行っていることは、じつは定町廻りだったころとさほど変わらない。江戸市中を巡回し、自身番に声をかけて怪しいできごとがなかったかをきく。町廻り同心のころとちがっているのは、親しくしている岡っ引きや小者、中間を伴うことなく、ひとりで廻るということだ。さらに言えば、表通りより裏通り、繁華なところより薄暗くじめじめしたあたりを重点的に廻る、ということだろうか。つまり、華彦にとって苦手な場所ということになるが、物の怪がそういうところを好むというのだからしかたがない。

しかし、町廻りのころと一番大きく違うのは、華彦が「そういう魔物が現実に存在する」ということを知っている……ということなのだ。

ただ単にびくびくしているのと、物の怪が現れるかも……と思って歩いているのではは大違いである。

（頼むからそういうやつらは出ないで欲しい……）

と華彦は思っているのだが、尾田組の同僚たちは真逆のことを考えているようだ。

その日、華彦は「するめの下足吉《げそきち》」という岡っ引きとともに町廻りをしていた。

下足吉は父親の「するめの烏賊吉《いかきち》」の跡を継いで岡っ引きになったばかりで、まだ十七歳と若く、仲間内でも軽く扱われるので、なんとか貫禄をつけようと必死のようである。なぜ「するめ」かというと、父子とも口が丸くて突き出しているかららしい。

ふたりは神田多町《かんだたちょう》の裏通りをふらりふらりと歩いていた。

「逆勢の旦那、どうして裏道ばかり歩くんですかい」

「いかんか」

「そりゃやっぱり、表通りをこんな具合に闊歩した方が見栄えもいいし、大勢に見られて顔も売れるってもんでやんす」

そう言って下足吉は身体を思い切り反らせ、両の拳を握り、

「どけどけ！　するめの下足吉さまのお通りだ！」

と大威張りで歩き出した。

「おいおい、そんなにそっくり返っちゃ転んで怪我するぞ」

「そんなへまぁするあっしじゃありやせんぜ。どうです、この格好のいいこと。ねえ、旦那、表通りに戻りましょうよ。こんな、だれも通ってねえ、薄暗え、じとじとしたところじゃあ気分も塞ぐってもんだ」

「私もそうしたいのは山々なんだが、そうもいかんのだ」

「へえ、どうしてでやんすか」

「まあ、いろいろとな……」

「なにかパーッとしたことはありませんかねえ。女浄瑠璃《たれぎだ》もダメ、落とし噺もダメ、芝居もダメ……てえんじゃこっちは息が詰まっちまう。お上は町人には、贅沢はするな、倹約倹約って言ってるけど、自分たちは贅沢三昧してるじゃありませんか。そのうえあっしら下々のもんのささやかな楽しみまで取り上げようとするなんてひどすぎますよ」

下足吉が言っているのはいわゆる「天保の改革」のことだ。この当時、江戸市中では、老中水野忠邦の指揮のもと、南町奉行鳥居甲斐守《とりいかいのかみ》による徹底的な奢侈《しゃし》の取り締まりが行われていた。北町奉行の遠山金四郎は、分不相応のおごりはよろしくないが、あまりに厳しい弾圧は町人の楽しみを奪い、やる気を削ぐ、として反対していた。しかし、鳥居は、江戸市中の寄席をことごとく潰し、また芝居小屋も閉鎖しようとしていたのだ。

「そりゃそうだが……おまえは取り締まる側なんだぞ。あまりその……本音を言うな」

「ほんとのことが言えねえなんて嫌な世の中でやんすね」

「まあな」

　ふたりがしゃべりながら道を取っていると、横手の路地から、男がひとり飛び出してきた。両手を袖のなかに入れ、ぞろりとした合わせの着物の裾をはしょり、いかにも遊び人という風体のその男は下足吉にぶつかった。軽く当たっただけだが、そっくり返っていた下足吉は転倒し、頭から砂まみれになった。

「おっと、ごめんよ」

「ここここの野郎！」

　遊び人はニヤリと笑い、

「すまねえな。つぎからは気をつけらあ」

　そう言うと表通りの方に走っていった。

「待ちゃあがれ！」

　腕まくりをして追いかけようとした下足吉に華彦は、

「やめておけ。御用が先だ」

「いいえ、お上をないがしろにする太え野郎だ。ふん捕まえて、しょっぴいてやります」

頭に血が上っている下足吉は言うことを聞かず、駆け出した。華彦はため息をつき、

「仕方ないな……」

そうつぶやくと足早にあとを追った。

大きな通りに出ると、急に喧騒が増した。まるで別世界に来たみたいだ。商家が軒を連ね、老若男女がせわしなく行き交っている。そんななかで左右の店に隠れるようなたたずまいの店がある。「柴田屋福兵衛」通称を「柴福」という瀬戸物問屋だ。かつては奉公人の二、三十人も使う大店《おおだな》だったが、流行り病で跡取り息子を亡くしてから商いを縮小し、今では店構えも以前の三分の一ほどになった。その店のまえをさっきの遊び人が通りがかるのを下足吉が見つけ、

「あ、いやがった。待てっ」

遊び人は下足吉に気づかず、柴紋が染め抜かれた暖簾《のれん》をくぐって、店に入っていった。

「おお、金さん、待ってたんだよ。旦那もお待ちかねだ。さあ、奥へ……」

そんな声が聞こえてきた。下足吉はあとを追って店に飛び込む。揉めごとになっては困るので、華彦も続いて店に入った。小僧がひとり、ふたりのまえに立ち塞がるようにして、

「なにかご用ですか。うちは問屋なんで、素人さんにはお売りできないんですが」

下足吉は腕まくりして、

「茶碗や鉢にゃあ用はねえ。俺っちが用があるのは、今ここに来た遊び人だ」

「そんなひとは来てません」

「小僧じゃ話にならねえ。そこをどけ」

「いえ、どきません」

ほかの小僧たちも集まってきて、最初の小僧に加勢した。番頭らしき男が帳場から立ち上がり、下足吉と華彦に向かって、

「なんですか、おまいさんがた、店先で大声出して……。見てのとおり、うちは商いの最中なんです。用がないんなら出ていってください」

「おめえが番頭か。俺たちはこれだよ」

下足吉はそう言って十手を出した。

「遊び人を出せ。奥にいるんだろう。するめの下足吉親分が用があるんだ。つべこべ言わず呼んでこい」

「小僧が申しましたとおり、そんなお方はおいでじゃあござんせん。なにかのお間違えでしょう」

「なんだと？　隠し立てするとしょっ引くぞ」

「隠し立てなんかしちゃおりません。奥には当家の主の福兵衛と内儀、それに里帰り中のお嬢さまがいらっしゃるだけでございます。嘘だと思ったら家捜しでもなん

でもやんなさい。そのかわり、もしその遊び人とやらが見つからなかったらどうします」

「どうしますって……どうもしねえよ」

「それじゃあ話の釣り合いが取れません。こうしましょうか。もし、遊び人がいなかったら、するめの親分の大しくじり一件を知り合いの読売屋に書かせて江戸中に撒きましょう。それでどうです」

　顔を真っ赤にする下足吉の肩を、華彦はポンと叩き、

「ここは引き下がった方がいいようだぜ」

「どうしてです。あいつがこの店に入《へえ》ったのは間違いないんですぜ」

「この番頭の落ち着きようからして、とうにこっそり裏口から逃がしてしまってるだろうさ。家捜ししてもネズミ一匹見つかる気遣いはないだろうな」

「そ、そういうことか！」

　下足吉は地団駄を踏んで、番頭をにらみすえ、

「てめえ、俺っちに恥をかかせる魂胆だったたんだな」

「さあ……なんのことだか……」

　華彦は、

「帰るぞ。こいつらの方がおまえより役者が一枚うえのようだ」

　ふたりは連れ立って店を出た。

「糞ったれめ、覚えてやがれ！」

「まあ、そうカリカリするな。これで、この店になにかあることはわかったんだからな」

「あ、なるほど！　お上を嫌がるのは後ろ暗いところがある証《あかし》でやんすからね。てえことは、今日からこの店を見張って、そいつを突き止めて……」

「ところがそうもいかんのだ。今の私の役目は、そういう一件とは無縁なのだ。このことは定町廻りの同役に知らせることとしよう」

「なんだ、つまんねえ」

　そのときは華彦はまだ、この「柴福」の件にオダブツ組が深く首を突っ込むことになろうとは思ってもいなかった。

◇

「箒……？」

　その日の勤めを終え、くたくたになって屋敷に戻ってきた華彦は、木戸門のまえに立っていたゆかりから一本の箒を押しつけられた。

「そうだ。このまえおまえを叩いたときに、庭箒が折れてしまった。箒買いが来ぬかと数日待っていたのだが、なかなかやってこぬゆえ、先ほど通りかかった箒売りから一本購ったのだ」

箒売りというのは文字通り、問屋から仕入れた箒を売る商売である。木枠に逆さに立てた箒を売り歩く。箒買いというのは、古くなった箒といくらかを払うと新しいものと取り替えてくれる。古い棕櫚箒はタワシにするのだ。

「ならば、いいではありませんか」

「それがよくない。――見てみよ、竹が虫食いで粉を吹いている。粗悪な品をつかまされた。まだ遠くへは行っていまい。見つけ出して返品し、金を返してもろうてくれ」

「どうして私が……。姉上が、買うときによく確かめなかったのがいけないのでしょう。それに、私はお役目で疲れているのです」

「おまえを叩いたから折れたのだ。おまえが責を果たせ」

めちゃくちゃな屁理屈であるが、ゆかりの命令は逆勢家では「絶対」に等しい。

華彦はその箒を持って近くを探し回ってみたが、それらしい物売りの姿もなければ立前も聞こえない。汗を小一升もかいたあと、華彦はすごすご屋敷へ戻った。その手に箒が握られているのを見たゆかりは柳眉を逆立て、

「どうして言われたとおりにしないのだ！」

「しかたありません。どこにもいなかったんですから」

「物売りひとり探しだせぬとは、町方同心が聞いて呆れる。こどもの使いではある

まいに……」

「はいはい、わかりましたよ。その箒売りの人相風体を教えてください」

「歳は三十ぐらい。中肉中背で、縞柄の木綿《もめん》の着物に紺の腹掛けをしていた。豆絞りの手拭いで頰かむりをしていたが、左の頰から唇にかけて斜めに大きな傷跡があるのが見えたな」

　さすがは同心の娘である。観察眼は鋭い。

「そこまでわかっておれば、おそらく見つかるでしょう。明日にでも箒問屋をあたって、そういう男が仕入れに来ていないかきいてみます」

「今から行くのだ」

「――え？」

「明日持っていっても、売ったの売らぬのと揉めるだろう。今日のうちなら、向こうも知らぬとは言えぬはずだ」

「申しましたとおり、私は御用で疲れており……」

「早う行け」

「腹が減っておるのです。せめて夕飯を食べてから……」

「行け」

「わかりました……」

　押し問答をしても、結局こちらが折れることになるのはわかっている。ならば、早くに言うとおりにしておいた方がよい。

「参りますが、姉上……この箏はいくらで購ったのです」

「十六文だ」

「十六文……？　そんな安物じゃあ粗悪でも文句は言えませんよ」

「うるさい。おまえの俸禄が少ないゆえ、切り詰められるだけ切り詰めておるのだろうが！」

とんだ藪蛇になった。ぐう……と音を立てる腹をなだめながら、華彦は一旦北町奉行所まで戻って帳面を繰り、箏問屋を探した。すると、八丁堀からもっとも近い箏問屋は、京橋《きょうばし》にあるとわかった。

「一度帰ったのに、また来て調べものか。お役目熱心だな」

顔見知りの与力にほめられたが、まさか姉の言いつけで箏を返しにいくのだ、とは言えぬ。適当に話を濁して奉行所を出ると、京橋へと向かった。

「好竹堂《こうちくどう》」という箏問屋は、すでに店をしまいかけていた。華彦はあわてて飛び込むと、十手をちらつかせながら店の主に言った。

「おまえのところに出入りしている箏売りのなかに、左頬に大きな傷跡のある男はいないか」

「ああ、それなら雨八《あめはち》だね」

主は即答した。

「あいつがなんかやらかしたんですか」

「いや……そういうわけじゃない。ちょっとききたいことがあるだけだ。その雨八の住まいはどこだ？」

「たしか神田の多町だとか言ってたな」

「へー」

華彦は偶然の一致に少し驚いた。神田の多町といえば、昼間に下足吉と行った「柴福」の近所である。華彦は箒を差し出し、

「この箒は、おまえのところで卸したものか？」

「へえ、そうでがす。うちは、問屋だけじゃなくて、棕櫚職人を集めて箒を作るところからやってますが、こいつはうちでも一番の安物でね、屑みてえな棕櫚を集めて、屑みてえな竹にくっつけて売ってるんで……。これがどうかしましたかね」

「い、いや……なんでもないんだ。邪魔したな」

華彦は赤面しながら多町に赴いた。すでにあたりは暗くなっている。あちこちで雨八の家をきいてまわったが、最後にたずねた居酒屋でようやく知れた。

「あのひとのうちなら、そこの池の端にある十軒長屋の西の端っこだよ。なんですね、雨八さん、また博打でお縄になるのかね」

「そうじゃないんだ。箒のことできさたいことがあるというだけだ。——雨八というのはそんなに博打好きなのか？」

「ああ、小博打で何度もしょっ引かれてらあね。悪いひとじゃないんだけど、ああいうのは病みたいなもんで、お仕置きになるのがわかっててもどうしてもやめられないらしい。賭場だけじゃなくて、神社の境内でやってるような野天博打なんかにも手ぇ出してるみたいだよ。義理の悪い借金もかさんでるみたいで、ときどき小銭をもうけると飲みにくるんだが、うちのツケも溜まってるねえ」

居酒屋の主の言ったとおり、十軒長屋というのは大きな池の横にあった。水はけが悪いらしく、晴れの日でもじめじめとぬかるんでいるような土地だった。まだ宵の口だが、雨八はすでにかなり酔っていた。

「おまえが雨八か」

「ああ、そうだが……お侍さんは？」

「この箒はおまえが売ったものだな」

「うーん……たぶんねえ」

雨八は酔眼をしばたたいてそう言った。

「私は、昼間おまえが箒を売りつけた家のものだ。そのときは入用と思うたのだが、別口から箒を買うていたのを忘れていたのでな、返品してまいれ……と姉が申すのだ」

「ははあ……今日は八丁堀のあたりを廻ったんで、もしかしたら町方のお役人ですかい？　こんな安い、二束三文の箒を買って、返品しろ、なんて阿漕《あこぎ》なことをされちゃあ、利の薄い小商人は干上がっちまいます。どうかご勘弁くだせえ」

「申し訳ないが、どうしても金を返してもらえ、と姉が申しておるのでな……。まだ一度も使うてはおらぬのだ。よろしく頼む」

「いやあ、そう言われても……あっしら下々のものをいじめないでおくんなせえましな」

「いじめるなんてそんなつもりはない。同じ箒が二本あってもしょうがないゆえ、返金してくれと申しておるだけだ」

「さっきも申しましたが、二束三文のタダみてえな安い箒でがすよ。壊れたときのために置いときゃいずれ重宝しますぜ」

「そこをなんとか……なんとか頼む」

華彦は頭を下げた。雨八は呆れ顔で、

「浪人衆ならともかく、町奉行所のお役人がたかだか箒一本のためにそんな真似しますかねえ……。――わかりやした、お金はお返しします」

「そ、そうか、ありがたい。これで姉上にも顔が立つ」

「ひのふのみの……これで十六文です。――その姉上てえのは、そんなに怖いもんなんですかい」

「ここだけの話だが……怖いな」

雨八は見下したようにへらへらと笑った。華彦が雨八に箒を渡すと、

「帰りしな、足もとに気をつけてくだせえよ。暗くてよく見えねえだろうから、池にはまらねえように……。たまにこどもが落っこちて死ぬんで、危ねえんでがす」

「ああ、わかった。あの池はなんという名前だい」

華彦がなにげなくそうきくと、

「長屋のものはみんな、河童《かっぱ》池って呼んでますね。河童が棲んでて、ときどきこどもを引く、なんて話もあります」

「な、なんだって？　河童？」

華彦は急に背筋が寒くなるのを感じた。

「ええ。この長屋の糊屋のジジイが夜中に酔っ払って帰《けえ》ってきたら、こどもみてえなもんがあの池で遊《あす》んでるのを見たらしい。河童なんてえものは、普段は池の底に隠れてて、だれかが来たら悪さをしかけるんですかねえ。相撲を取りたがるともいいましょう？」

「そんなのは迷信だろう」

「さあねえ……この世には不思議なことってえのがあるもんですよ。たとえばあっしの婆さんなんかは……」

「もういい。聞きたくない」

「へへへ……旦那は町方のくせに案外臆病だね」

「言うな！」

華彦は言い捨てて、雨八の家を出た。月が青々と輝いている。生ぬるい風が頰を撫で、それだけでぎょっとする。池の面が見えてきた。光の加減か、擂《す》った山芋のようにどろり、としているように思えた。じっと見つめていると、なにか大きなものが水面下にいるような気になってくる。華彦は目を逸らしたが、とぼん……という水音がするとつい、そちらを見てしまう。

(河童なんか……いるはずがない……)

華彦はかぶりを振って、池に沿って歩き出した。とぼん……とぼん……という音がするたびに気にはなるが、なるべく見ぬようにして、まえに進む。柴福の塀が見えてきた。

(おや……?)

土塀のまえでだれかが立ち話をしている。ひとりは昼間会った柴福の番頭のようだが、もうひとりは……。

「どうだったね、金さん……」

「今のところまあまあの首尾だが、まだはっきりとはわからねえ。そっちはどうだい」

どうやらあのときの遊び人らしい。

「甲松《こうまつ》さまからも幾度となくお使いが来た。お八重《やえ》さまが心労で臥せっているらしくてねえ、旦那さまもお内儀もずいぶんと心を痛めているんだ……」

「そりゃそうだろうな」

「なんとかしておくれ。奉行所の役人だけには知られちゃあなんない。金さんだけが頼りなんだから……」

「わかってる。けどよ、あんまり派手に立ち回ると、一番悪いことになりかねねえ」

「ああ……そのとおりだね。それだけは避けなきゃあ……」

華彦は聴き耳を立てた。やはり、この店はなんらかの悪事に加担しているにちがいない。

「金さんも知ってのとおり……だからどうにもならないんだがこうなったら……盗人……」

周囲に茂る葦がざわざわと鳴るせいで、よく聞こえない。

「手分けして小僧たちに……心当たりを……」

「やめた方がいい。小僧の口からことが露見しねえともかぎらねえからな」

「固く口止めしているよ。それと……考えたくはないが万が一ということもあるから……河童……」

華彦の心の臓がバクついた。たしかに今、番頭は「河童」と言った。

「焦りは禁物だ。おめえさんたちは下手に動かねえ方がいい。万事、俺に任せて……」

「だけど、なにかしないと落ち着かないんだ。ねえ、金さん、大丈夫かねえ」

葦がざわめく。華彦は思い切って数歩近づいてみた。足音を立てぬように、番頭の後ろに回りこむ。近くで見る金さんは、太い眉に涼しい目をしていた。

（どこかで見た顔だな……）

華彦がそう思ったとき、金さんが言った。

「……キュウリ……だな」

「えっ？」

思わず華彦は声を上げてしまい、あわてて自分の口を手で塞いだ。

「おい、今だれかの声がしなかったか」

「さあ……私にゃ聞こえなかったけど」

「そうか。気のせいかな」

華彦は震えながら、

（キュウリ、か。河童にキュウリ……間違いない。これは物の怪の……）

となると、自分の組……尾田組の扱いではないか。瓢簞《ひょうたん》から駒というやつだ。

「俺もあちこちの……見つからねえ。まあ、案外、灯台下暗してえこともあるかもしれねえが……とにかく焦っちゃなんねえ。おめえさんたちも俺もな」

物の怪は怖い。しかし、ここで手柄を立てれば、定町廻りに復帰する日も近くなる。なんとしても尾田組での初手柄をものにしなければならない……華彦はそう思った。

（よし……やるぞ……）

華彦は、暗いなかで拳を握った。ここでしくじったら永久にオダブツ組からは抜けられない。やるしかないのだ……。

「じゃ、俺ぁ行くぜ。なにかわかったらまた来る」

「なにぶんよろしく頼む。──それと、これは少ないんだが……」

「なんだ、こりゃ。勘違えすんねえ。俺はそんなつもりでやってるんじゃねえんだ」

「わかってるよ。でも、当座の費えに……」

「おめえさんとこの内証はよく承知してるよ。いらねえったらいらねえ。二度とそんな真似するんじゃねえぞ」

「そ、そうかい。それじゃ悪いけど引っ込めさせてもらうよ」

「へへへ、それでこそ気持ちのいい付き合いができるってもんだろ。──それじゃあな」

金さんと呼ばれた男はすたすたと歩き出した。華彦は、

（あとをつけようか……）

と思ったが、まだ柴福でどんな悪事が行われているのかもわからないのだ。もしあとをつけているときに見つかったりしたら、せっかくの大きな手柄がふいになる。それよりも奉行所に戻り、このことを今夜のうちに尾田組のだれかの耳に入れた方がいい……。華彦はそう思い、そろりそろりと池の周りを引きかえそうとした。そ

のときである……。

池のなかから、暗い水面を突き破るようにしてなにかが現れた。全身泥にまみれ、身体中から水を滴らせた、こどもの形をしたなにか……。

「か、か、か、かぱかぱかぱ河童だあっ！」

華彦は絶叫して、その場に尻餅をついた。河童とおぼしきそれはふたたび池に没した。

「だれだっ！」

華彦の声を聞きつけ、金さんがやってきた。華彦は必死に逃げた。

「立ち聞きしてやがったんだな。待てっ！」

角をでたらめに曲がり、路地から路地へと走る。暗さが幸いしたのか、しばらくすると背後からの足音は聞こえなくなった。華彦は商家の土塀にもたれ、息を整えた。

（河童だ……河童が出た……）

恐怖がこみ上げてきた。今にも暗闇から、さっきの河童がぬうと顔を出すのではないか……そんな気がして足が動かなかった。しかし、じっと立っているわけにはいかない。そこからどうやって帰ったのかの記憶がないが、気がついたときには北町奉行所のまえに立っていた。門を叩く。

「同心の逆勢だ！　開けてくれ！」

門は長屋門になっており、当番の小者が泊まっているはずだ。華彦は門を叩きながら、幾度となく背後の闇を振り返った。

「逆勢さま」

声がしたので華彦は跳び上がった。

「ひいっ！」

見ると、くぐり戸が開いて、小者が顔を出していた。

「な、なんだ、おまえか」

「ご自分で呼んでおいて、なんだおまえかもないもんだ。なにか忘れものでござんすか」

「そうではない。尾田さまはまだおいでか」

「もう帰られましたよ。尾田さまにご用なら役宅の方にお廻んなさい」

「無辺さんか旭日嶽さんは……？」

「さあてねえ……あのひとたちはいるのかいないのかわかりませんから……」

「わかった。おのれで探す」

華彦は尾田組の溜まりに赴いた。机に向かって書きものをしていた無辺左門が顔を上げ、

「どうした？　なにかあったのか？」

途端、我慢していた涙がついに堰を切ったようにあふれ出した。猫の魂が不思議

そうに「みぃ」と鳴いた。

◇

「ふーむ、河童にキュウリか……」

華彦の話を聞き終えた左門は、腕組みをしてそう言った。

「おまえ……その遊び人、金さんという男だと言ったな」

「ええ、そう呼ばれていました」

「おまえはまだ知らなかったのか。金さんというのは……」

無辺左門はなにか言いかけて途中で言葉を切り、

「河童池から河童が出てくる、というのはそのまんまだが、あまりにそのまんま過ぎて合点がいかぬな」

「私はこの目で見、この耳で聞いたのです。私が嘘をついている、とおっしゃるのですか」

「そうは言わぬ。だが、まえにお頭が申されたように、物の怪を見た、てえ類の話のほとんどは見間違い、勘違い、人間による見せかけ……などだ。まずは頭を冷やして、その変異がまことに妖魅の仕業かどうか見極めねばならぬ」

「ならば、今から河童池に出張《でば》って確かめてください」

「いや……やめておこう」

「どうしてです。それが変異改役のお役目でしょう！」

「それはそうだが……こいつはおまえがはじめて見《め》っけてきた尾田組扱いの案件だ。しばらくおまえひとりでやってみろ」

「えええーっ！」

華彦は天井が揺れるほどの甲高い声を出した。

「むむ無理ですよ。私は怖がりなんです。臆病者なんですよ。河童なんてとてもじゃないが扱えません。もし、襲ってきたらどうすればいいんですか」

「相撲でも取るんだな。皿の水をこぼしちまえばこっちのもんだ」

「相撲なら旭日嶽さんに任せます。とにかく私は河童と聞いただけで腰が抜けそうになるんです」

「昼間なら怖くあるめえ。明日の朝からもう一度その池に行ってみろ」

「河童は昼間も出るでしょう」

「出たら、逃げろ」

「追いつかれて、尻子玉を抜かれたらどうしてくれるんです」

「尻を押さえながら逃げろ」

「嫌ですっ！　そんな格好じゃ走りにくいです！」

華彦が悲鳴に近い声でそう言ったとき、

「よい思案ではないか」

後ろから声がしたので華彦が、

「尻を押さえながら逃げることができますか」

言いながら振り向くと、立っていたのは北町奉行遠山金四郎景元だった。

「そうではない。おまえひとりでこの件を扱う、ということがじゃ。泣き叫ぶ声があまりに大きいゆえ、様子を見にまいったのじゃが、またおまえが泣いておったのか。良い機会だ。おまえが、尾田組同心としてものの役に立つかどうかを見定めたい」

「あの……お頭……そういう無謀なことはしない方がよいと思います。もし私がしくじって、河童を逃がしてしまったら取り返しのつかないことになりますから……」

「そうならぬよう、組への毎日の報告は怠らぬようにせよ。そして、おのれの手に余る、と思ったら、そのときは先輩の力を借りればよい」

「今まさに、おのれの手に余る、と思っているところです」

「たわけ！　情けないことを申すな！　おまえも、江戸市民の暮らしを守る北町奉行所同心の一人《いちにん》なのだぞ！」

華彦はハッとした。そうだった……私は先祖代々の北町同心だ。怖い怖いと思いすぎて、肝心なことを忘れるところだった……。

「わかりました。やります。やらせてください」

「うむ、よう申した。ただし、おまえが手がけるのは河童の件だけじゃ。もし、柴福になにかべつのごたごたがあったとしても、それは定町廻りに引き継ぐようにいたせ」

「かしこまりました」

華彦は顔を上げた。そのとき、

「あっ……！」

「いかがいたした。わしの顔になにかついておるか？」

「き、金さん……！」

「馬鹿者！　お上から北町奉行職を拝命するこの遠山金四郎を金さんなどと馴れ馴れしく呼び捨てにするとは……！」

「そ、そうじゃないんです。遊び人の金さんです」

「なに……？」

「だれかに似ていると思っていたんですが……お頭でした！　似ているなんてもんじゃない。瓜二つ……そっくりだ。ま、まさか……ああ、わかった！」

「なんのことだ」

「あの噂はまことだったのですね。お頭が背中に彫りものを入れていて、夜な夜な遊び人の風体で下々の視察を行っている、という……。さっきの金さんはお頭が変装していたのか。お頭もおひとが悪い。同心をだますなんて……追いかけられたときには驚きましたよ」

「なにをパーパーとわけのわからぬことを申しておる。わしは金さんなどではないぞ。わしの顔をよう見よ」

　華彦は言われたとおり金四郎の顔をまじまじと見たが、

「やはり瓜二つです。別人とは思えませせぬ」

「広い世の中には、おのれとまったく同じ顔をしたものが三人おる、と申す。そのうちのふたりが出くわしたら、これは『影の病』、西洋では『ダブル』と申してどちらかが死ぬという。おまえが会うたその遊び人も、わしの『影』かもしれぬな」

「では……金さんはお頭ではない、と……？」

「あたりまえじゃ。天下の旗本が遊び人のはずがあるまい。よう考えてものを言え、たわけが！」

「ししし失礼しました。すごく、その……よく似ていたもので……」

「以後気をつけよ」

　そう言うと、なぜか金四郎は無辺左門ににやりと笑いかけた。左門も笑みを返した。

「では、わしは客が来ておるゆえもう行くが……逆勢、心してことに当たれよ」

「ははっ」

華彦は頭を下げた。

◇

（またしてもお頭に情けないところを見せてしまったうえ、遊び人に化けているなんて失礼極まりないことを申し上げてしまった。このしくじりを挽回するのはなかなか骨だぞ……）

そんなことを思いながら華彦は尾田組の溜まりを出、廊下を歩いていた。足がふらつくのは、無辺左門から酒を飲まされたからだ。

「明日からのお勤めのまえ祝いだ。ぐーっと行け」

などと言われ、しかたなく三杯ほど飲んだ。空腹だったので、それだけでかなり酔ってしまった。

（早く家に戻らなくては……）

ここは奉行の住まいがある場所なので、今の時刻は行き交うものはだれもいない。ひたひたというおのれの足音が不気味に聞こえてくる。

（いや……こんなことで怯えていてどうする。お頭がおっしゃったとおり、私は江戸の町を守るために働く誇りある同心なのだ……）

そう思おうとしたが、明日からのことを考えるとどうしても不安が込み上げてくる。さっき金四郎が帰ったあと、無辺左門は本棚から一冊の書物を取り出して華彦のまえに放った。

「これは……？」

「河童のことならそれにあらかた載っている。役に立つかどうかはわからねえが、読んでみな」

表紙には「百怪図録・河童」とある。

「もしやこれは無辺さんが……？」

左門は照れくさそうに、

「ああ、俺が古今東西のいろんな本から河童のことを抜き書きしてまとめたんだ。河童だけじゃねえぜ。この本棚には天狗だの狐だの鬼だの……物の怪についての資料が詰まってるから、暇なときに目を通しておけ」

その本を、帰宅してから読まねばならぬこともまた憂鬱の種だった。どうしてわざわざ怖い思いをしなければならないのか……。

（とほほ……ずっとこんなことが続くのかなあ……）

尾田組にいるあいだはそうだろうな、と華彦がため息をついたとき、

「おまえが首を突っ込んでおったのか」

奉行の居間から声が聞こえたので華彦は足をとめた。

「へへへ……さようさね。あすこの番頭とは知り合いでね……」

「あの店になにかあるのか」

「そいつは言えねえんだ。とくに町奉行所には言えねえ話だ」

「虫のいいことを……。ここへは来るな、と申しておいたはずじゃ」

「堅えこと言いなさんなって。ちいとばかり、おめえんところにある鑑札の届出一覧を見せてほしいんだ」

「なにを調べておる。へへへ……箒問屋のね」

「ほう……箒屋がどうかしたか」

「わかんねえ。ただ、ちょいと気になることがあってね……俺ひとりじゃどうしても調べが行き届かねえんで、こういうときはこちらの一覧を見りゃあ手っ取り早い」

「おのれの都合で勝手なことを申すな。普段は町奉行所など犬の糞だと申しておるくせに……」

「いいじゃあねえか。見せて減るもんじゃなし」

「勝手にせい」

「俺だっておめえの面なんざ見たくもねえや。ひと助けだと思うから、我慢してるんだ」

「わしとて同じじゃ。おまえの顔を見ると吐き気がする。用が済んだらとっととと帰れ」

「言われなくても帰るさ。——そう言やついさっき、おめえんとこの若い同心が柴福の周りをうろちょろしてたぜ。おめえの差し金かい」

「さあてな」

「柴福について妙なことを掘り出そうとしたり、俺の仕事の邪魔をしはじめたら、同心だろうが与力だろうが俺は手加減しねえぜ」

「そうはいかぬ。おまえはおまえでやるがよい。うちはうちでやる」

「町奉行所に出てこられちゃ困るってひとがいるんだ。動かねえでもらいてえ」

「その町奉行所の帳面を見せてくれ、と言うておるのはどこのだれじゃ」

「うるせえな。いろいろ都合があるんだよ。——あの同心は町廻りかい？」

「いや……あの男は尾田組に入ったばかりなのじゃ」

「なーんだ、化け物組か。それならべつに構わねえ。だがよ、河童が出たーっ、だなんて、とんだ間抜けなことを抜かしていたぜ。大丈夫かね、あいつは」

我慢できなくなって華彦は居間の襖を開いた。そこにはふたりの男が座っていた。ひとりはさっき会った町奉行遠山金四郎景元である。相対して座っているのは……。

「あーっ！」

華彦は叫んだ。もうひとりの男も遠山金四郎だったのである。遊び人風の拵えではあるが明らかに同じ顔であった。ふたりの遠山金四郎は華彦ににやにやと笑いかけ、同時にしゃべった。

「なんだ、おまえは。断りなく入ってくるな」

華彦は混乱したが、にわかに先刻の遠山金四郎の言葉を思い出した。

「か、か、影の病だあっ！」

そして、華彦は気絶した。

◇

翌朝早く、華彦は朝餉の膳についていた。炊きたての飯と実のない味噌汁、それに大根の塩揉みという献立だ。食欲はまるでなかったが、空腹では御用に差し障りが出るので華彦は飯三杯を喉に押し込んだ。

昨夜、華彦は冷たい水を頭から浴びせられ、目を開けた。あたりを見回すと、そこはおのれの家だった。ゆかりによると、帰りが遅いと案じていたら、「金」と名乗る遊び人風の男が気絶した華彦を背負ってやってきたのだ、という。

「びっくりして目ぇ回しただけだから心配いらねえ。水でもぶっかけりゃすぐに気がつきますよ。じゃあ、あっしはこれで……」

そう言って帰っていったという。

「そのものの言うとおりに水をかけてみると、おまえは正気づいたのだ」

「揺り起こしてくださるだけでよかったのに……この手はなんです？」

ゆかりは右手のひらをうえに向けて華彦に突き出している。

「箒の代だ。もろうてきたのだろうな」

華彦はため息をつき、ふところを探った。そのあと立ち上がろうとしたが、河童を目撃したことや遠山金四郎がふたりいたことなど、一日にしては多すぎる量の体験が一度に思い出されてきてふらふらとなり、そのまままた布団に横になった。そして、空腹を抱えたまま寝てしまったのである。

（あれは皆、夢だったのだろうか……）

華彦はそう思った。

（いや……少なくとも河童を見たのはまことのことだった。けど、お頭がふたりいたのは……あれは無辺さんに飲まされた酒のせいだったかも知れない……）

酔っ払って、ものがふたつや三つに見えることはよくある。それに、いくらなんでもあれほどそっくりの人間がふたりいるとは思えない。

（まあ、いい。あのことは忘れよう……）

大根をぱりぱり音を立てて食べていた華彦は、ふとあることを思いついた。

「空助！　空助はいるか」

「なんでございます？」

やってきた家僕の空助に、華彦は目明しの下足吉を呼んでくるよう命じた。下足吉の住まいは小松町で、八丁堀からは近い。下足吉は、華彦が飯を食い終え、身支

度を済ませたころにやってきた。華彦は昨夜のできごとは伏せたままで、

「今日から私はひとりで柴福を探ることになった」

「へええ、組替えしていきなり大役を任されるなんて、旦那もてえしたもんでやんすね」

「ま、まあな……。私は一度奉行所に出勤し、そのあと合流するつもりだが、そのまえにおまえがいろいろ調べておいてくれないか」

「ようがす。あの店にゃあ必ず後ろ暗いところがありますぜ。番頭もなにか隠し立てしてやがるし、金さんとかいう遊び人も怪しい。しょっ引いて泥吐かせてやります」

その「金さん」に昨日おぶってもらって家に帰った……とは言えぬ。

「いや、まだ柴福に直に行ってはならん。町奉行所が目をつけたとわかったら、証拠を揉み消してしまうかもしれないからな。今日のところは近所であの店のことを聞き出すんだ。いいな」

「へ……」

「あ……そうそう、ついででいいんだが、あの店のすぐ近くに池があったろう」

「そうでしたっけ」

「河童池というんだが、あの池もちょっと気になる噂があるんで、聞き込みしてもらいたい」

「どんな噂です？」

「たとえばその……河童が出るとか」

「あはははは。旦那も冗談がうめえね。河童池から河童とは出来すぎだ。ははははは……」

　下足吉は笑いながらにょろにょろと出ていった。

（お頭や無辺さんは「ひとりでやれ」とおっしゃったが、それは尾田組のほかのものの手を借りるな、ということだ。目明しを使うのはかまうまい）

　今日一日のことを考えると気が重くなるが、これで少しは気が楽になった。下足吉には柴福を探るよう命じたがそれは方便であって、「ついで」の方が大事なのだ。昨夜の柴福の番頭と遊び人金さんの会話からして、柴福が河童に関わりがあることは間違いないのだから。

（私がなにもせぬうちに、下足吉が万事解決してくれぬものか……いや、それでは私の手柄にならぬ。なんとか手柄だけ独り占め……）

　などと小ずるいことを考えながら華彦は北町奉行所に向かった。

「よう、今時分出勤とはいいご身分だな」

　なかに入って早々、嫌なやつに会ってしまった。嵯峨野源九郎だ。

「俺たちゃもう半刻もまえから仕事をはじめてるんだ。オダブツ組は楽でいいねえ」

　華彦は嵯峨野をじろりとにらみ、

「屋敷で目明しに指図を与えていたから遅くなったのです。夜も遅いし、なかなかたいへんなんですよ」

そう言い捨てると、同心溜まりを尻目に町奉行の住まいの方に向かう。用人に挨拶をし、一種の特権ではあるが、談笑する同僚たちを見ているとさびしくもある。

作事小屋へ入った。勝手知ったる地下への階段を下り、尾田部屋に入る。

案の定、まだだれも来ていなかった。尾田部屋の朝は遅い。ものすごく遅い。普通、町奉行所の同心は五つ頃には出勤し、夕方には帰るのが基本である。夜番や泊り番もあるが、数は少ない。与力となると六つ頃の出勤となり、同心にくらべてもゆっくりしている。しかし、尾田組の場合は、いつ来ていつ帰ろうと自由であった。何日も部屋に泊まりこんでいるものもいるが、御用のためではなく、飲んだくれていて帰るのが面倒くさくなったから、という理由も大きく、旭日嶽などはいつもごろごろしている。しかし、今朝その姿はない。

酒臭く、かび臭い部屋で華彦は湯を沸かし、茶を淹れた。飲みながら、昨夜読めなかった河童の資料に目を通す。

「なるほど……河童は河の童の意で、たいがいはこどもの姿をしている、か。私が見たのもこどもに似ていた。頭に皿があり、そこが濡れているときは神通力を発揮するが、乾くと弱ってしまう。手足に水かきがあり、背には甲羅がある。口先は鳥のくちばしのように鋭く尖っている。日本中の川や池、沼に棲み、こどもを水中に引きずり込んで尻子玉を抜いたり、馬を溺れさせたりする……か。恐ろしいな」

昼でも薄暗い地下の部屋で、ひとりで河童の資料を読んでいると、あの河童の姿を思い出して怖くなってきた。よくは見えなかったが、皿やくちばし、水かきなどもあったかもしれぬ……。

「魚のほか、キュウリを好んで食べる。両手の骨がつながっていて、片方を引っ込めると、片方が倍に伸びる。水の精霊であり、こどもの目にしか見えないこともある……か。うーん……」

華彦は考え込んだ。

（あのとき私に河童が見えたのは、私が「もの視」だからだろうか……）

だとしたら、下足吉には河童は見えないはずだ。

（やはり、私が行くしかないようだな……）

華彦が覚悟を決めたとき、

「早い出勤だな。無辺が作った資料を読んでいたか。感心感心」

与力の尾田仏馬が階段を下りてきた。塵太郎も一緒だ。華彦はふたりに、昨夜の出来事を話した。

「河童か。うちの扱いだな。ちょうどいい。お頭が言うとおり、ひとりでやってみろ」

「はい……清水の舞台から飛び降りるつもりでやります」

「大げさなやつだ。たかが河童ではないか。猿みたいなものだ。いざとなったら頭の皿を煎餅みたいに割ってしまえ」

「たやすくおっしゃいますが、私が皿を割る前に向こうが手を倍に伸ばしてきて、私の尻子玉を抜こうとしたらどうします？」

「その腕をひっ捕まえて、パキッと折ってやれ」

華彦は、おのれが河童を羽交い絞めにしてその腕を折っている図を想像しようとしたが、まったくできなかった。

（無理がある……）

そう思ったとき、

「それはそれだが、今からちょっとつきあえ。おまえに引き合わせたいものがいる」

「はあ……」

「わが組がいつも力を借りておる相手でな、おまえもいずれ世話になることがあるだろう」

「どういう御仁でしょう」

「祓い屋だ」

「祓い屋？　ああ、狐が憑いたりしたときに祓ってくれる、あの……」

「そういういかがわしい連中とはひとつにならぬ。まことに力のある女子《おなご》でな、われらは書物から得た知識などで物の怪を倒そうとするが、それがかなわぬときはそのものに頼るのだ」

「ほう……女子ですか」

途中の菓子屋で大きなあんころ餅を十ばかり包ませ、酒屋で三升ほど酒を量らせると、三人は下谷《したや》の黒鍬町《くろくわちょう》に向かった。あたりは貧乏長屋が多く連なっている。戸がない家や畳のない家はあたりまえで、住んでいる連中も博打打ち、夜鷹《よたか》、羅宇《らう》屋《や》、芸人、すたすた坊主、軽業師、女相撲の力士……といった連中だ。昼間でもこのあたりに迷い込むと身ぐるみ剝がされたり、金を奪《と》られたりする。およそまともな商人は入ってこない場所である。もちろん町方役人や岡っ引きなどはまるで歓迎されない。唾をかけられたり、石を投げられたりするのがおちだ。しかし、尾田仏馬はまるで気にしない様子で裏長屋にずんずん入っていく。

華彦はびくびくもので周囲を見回しながら、

「大丈夫でしょうか」

「なにがだ」

「その……町方だとわかったらなにをされるか……」

そう言いながら十手をそっと羽織で隠す。塵太郎がけらけら笑って、

「にいちゃん、気が小さいなあ。おいらみたいに堂々としてりゃいいんだよ」

「う、うるさい。おまえにだけは言われたくない。私は尾田さまやおまえが危ない目に遭わぬかと案じているだけだ」

しかし、華彦の心配は杞憂だった。出会う連中は皆、仏馬を見かけるとお辞儀をする。どうやらこの長屋では、仏馬は「顔」らしい。

「酒を持ってきた。あとで差配のところに届けておくから飲みにいけ」

「いつもすいやせん」

髭面の男たちがうれしそうにそう言った。

尾田仏馬は長屋の突き当たりまで行くと、

「ババ殿はおいでか。尾田仏馬でござる」

一軒の家の戸が開き、出てきた人物を見て華彦は驚いた。歳は十五、六。桃の花のような頬におちょぼ口。目のくりくりとした若い女だった。白く、身体の線のわからないだぶだぶの着物を着て、腰だけを青い細帯できゅっと締めている。

「こ、このひとが祓い師ですか！　こりゃいい」

「なにが『こりゃいい』だ。このものは祓い師ではない。――紫《むらさき》、ババ殿はおられるか」

「おババさまは奥においでございます。どうぞお入りを……」

三人はなかに入った。奥もなにも、ひと間しかない狭い長屋である。

「仏馬殿か」

「おお、ババ殿、息災か」

座っていたのは年齢不詳の老婆であった。ごわごわの太い銀髪を長く伸ばし、か

って は白かっただろう貫頭衣のような着物を着、首には椎の実をつなげた数珠をかけている。旭日嶽とタメを張るほどに肥え太り、頬の肉は垂れ下がっている。顔は皺だらけで、いわゆる「梅干婆」というやつだが、その細かい皺のなかに小さな目が埋もれている。額には、華彦が見たことのない文字が記された紙の鉢巻きをし、手にはなぜかススキを一本持っている。

「アレは持ってきてくれたかや」

「無論だ。ほれ、ここに……」

仏馬があんころ餅の包みを出すと、

「おおお、かたじけなし。――食うてもよいか」

「そのために持参したのだ」

老婆は包みを開き、握り拳ほどもある大きなあんころ餅を手摑みで食べはじめた。その勢いはたとえて言えば、まるで獲物に襲いかかる鷹のようであった。よく「むしゃむしゃと食べる」と言うが、華彦は実際に「むしゃむしゃ」という音を立ててものを食べる人間をはじめて見た。

あっという間に十個のあんころ餅を平らげた老婆は便々たる腹をさすり、

「ああ……食うた、食うた。――紫、濃い茶を持て」

「はい……」

紫という若い女がすかさず盆に載せた茶を差し出すと、それを美味そうに喉を鳴らして飲む。

「大丈夫ですかね、このひと……」

華彦が小声で仏馬に言った。

「なにが、だ」

「年寄りなのにこんなにあんころ餅を食べちゃって、身体に障りませんか」

「心配いらぬ。このババ殿は、甘いものを食えば食うほど霊力が冴えるのよ」

「おいくつなんですか?」

仏馬は老婆に向き直り、

「ババ殿はおいくつになられたかな」

「ふぉほほほ……恥ずかしながら百十二歳じゃ」

華彦は思わず、

「ひ、百十二歳!」

老婆はじろりと華彦を見、

「新入りかや」

仏馬はうなずいた。

「使えるのか」

「なかなかの臆病なので『餌』のつもりで雇うたのだが、『もの視』であることがわかった」

「ほほう、見かけによらぬのう」

老婆はススキの穂で華彦の鼻先をこしょこしょとくすぐった。華彦は大きなくしゃみを三回して、

「な、なにをするんですか！」

「わめくな、若造。——おのしは今、河童を追っておるな」

「え？　どうしてわかるんです」

老婆は答えず、

「それはよいが、魑魅魍魎と申すものは、場所やものではなく、ひとの心に宿る。おのしも『もの視』ならば、目ではなく、心でものを視ることを心がけよ。さもなくば、とんだ間違いを起こすぞよ」

「心でものを視る、とはどういうことです」

「心で視ぬと、もののまことの姿は見えぬ」

「はあ……」

華彦が首をかしげていると、老婆は指についたあんこをなめながら、包みを指差した。

「これを見い。ここにあんころ餅が十個あるじゃろ」

「ありませんよ。あなたが食べたんだから……え—っ！」

華彦は仰天した。包みのなかには老婆が平らげてしまったはずのあんころ餅が十

個、もと通りに並んでいるではないか。

「どどどういうことです。たしかにあなたが食べてしまったはず……」

するとと老婆はススキの先で十個のあんころ餅をひと撫でした。あんころ餅は消え、包みだけが残った。華彦は目をこすった。

「どうなってるんだ……南蛮手妻《てづま》か……」

「ただの幻術……目くらましよ。目で視ておるゆえだまされる。心で視れば見誤ることはないのじゃ」

「どうすれば心で視ることができるようになりますか」

「うちにしばらく通うて修行するがよい」

華彦は一瞬、こんな怖いお婆さんのところに通うのは嫌だなあ、と思ったが、そのかわり紫さんに会えるわけだし、我慢するか……とも思った。塵太郎が、

「ババさま、こいつ今、ババさまは嫌だけど紫さんに会うのは楽しみだ、みたいな嫌らしいことを考えましたよ」

「なななにを言うか！　そんなこと思うてはおらぬ。言いがかりだ。紫さん、私はそんなことは毛頭思っていませんからね！」

老婆はにやりと笑い、薄暗い部屋の隅に目をやった。

「あすこにおるものが視えるかや」

華彦は目を凝らした。おとなの手ぐらいある大きな蜘蛛のようなものがいる。華

彦は声を上げそうになったが、紫の手前なんとかこらえた。

「く、蜘蛛みたいなものがいますね」

「ほう……視えるか。『もの視』であるのは間違いないようじゃな」

「で、では、あれは……」

「そう、物の怪じゃ。と言うても、下っ端の下っ端の下っ端あたりの、取るに足らぬ有象無象の類じゃがな」

「も、物の怪！」

汗が脇の下をつたう。

「近頃はあの手のあぶく妖怪をよう見かけるわい。ちょろちょろ現れてはすぐにどこかに行きよる。今日のやつはわしが動けぬようにしたゆえ、とどまっておるのじゃ」

よく見ると、蜘蛛ではない。長い手足には棘が生えており、カニにも似ているが、人間のような目がついている。華彦が、すぐにでもこの家を出ていきたいという気持ちと戦っていると、

「おのし、あれを祓うてみよ」

「無理ですよ。私は祓いのやり方なんてまるで知りませんし……」

「たやすいことじゃ。手でつまみ上げて、外に放り出せばよい。勝手に逃げていきよるわえ」

「手でつまむなんて、そんな野蛮なことできません！」

「なにが野蛮じゃ。ゴミが落ちていると思えばよい。ゴミなら手でつまんで、外に払い捨てるじゃろ。それと同じじゃ。まずはそれをはじめの一歩として、次第にむずかしい相手への応《いら》えを教えてやろう。そうやって修行しておれば、そのうち『心の目』も開く」

「ダメです。物の怪を払い捨てることなんか……私にはできましぇん！」

悲痛な叫びを上げた華彦に老婆はぐいと顔を近づけ、

「さあ、やれ！」

「ひいいっ」

華彦はしかたなく、そろりそろりと蜘蛛のようなカニのような物の怪に近づいていった。ごくりと唾を飲み込み、そっ……と手を伸ばす。その物の怪の背中に指が触れそうになった瞬間、

「キキッ」

物の怪は奇妙な鳴き声を上げて身体を揺らした。

「ひゃあああああっ！」

華彦は後ろ向きに二回転して、壁に激突した。部屋が揺れ、天井から埃が大量に落ちてきた。尾田仏馬が顔をしかめ、塵太郎がきゃっきゃっと笑った。老婆はため息をついて、

「情けないのう……。紫、祓うてみや」

「はい、おババさま」

紫はすたすたとその物の怪に近づくと、脚を摑んで無造作に持ち上げ、そのまま床に何度も叩きつけた。物の怪はすでに平べったくなっているが、それでもなおバシバシと打ちつけ続ける。華彦は、物の怪が少しかわいそうになったほどだ。

「もう、よい。くたばっておる。――捨てよ」

「はい」

紫は戸を開けると、蜘蛛のようなカニのような下っ端妖怪を外に放り投げ、なにごともなかったような顔でもとの場所に戻った。華彦は感心して、

「紫さんは勇気のあるお方ですね。私にはとてもできません」

「いえ……私は巫女ですので、祓いは苦手です。でも、今の物の怪は、私でもあしらえるぐらいの力の弱い邪魅でしたから……」

「力が弱いといっても物の怪でしょう？　どれぐらい弱いんです？」

「そうですね……蚊か蠅ぐらい……」

蚊か蠅ぐらいのやつすら私は手を出せなかったのか、と華彦はさすがに落ち込んだ。

「でも、どうしてこんな下っ端妖怪が近頃よく現れるようになったのですか？」

「それは、あの御仁が……」

言いかけた紫に仏馬が、

「あいや、その儀はいずれ折を見て、わしか遠山さまが伝えることになっておる」

「さようでございましたか。失礼いたしました」

紫は頭を下げた。

◇

そのあと仏馬は、長屋に住む大半のものに華彦を紹介し、よろしく頼むと頭を下げた。仏馬がこの長屋の住人を大事に思っていることがわかった。老婆の名は仏馬も知らず、ただ「ススキのおババ」と呼んでいるらしい。奉行所に戻る道すがら、華彦は尾田仏馬にさっき紫が言いかけたことについてたずねたが、仏馬は教えてくれなかった。

「今はまだ知らずともよい。そのうち嫌でも知るときが来る」

「どうせいつか知るなら今聞いても同じでしょう」

「いや、おまえには予断を与えとうないのだ。予断や思い込みを持って詮議に当たるのは間違いのもとだ」

「そんなもんですかね……」

町奉行所の門前に下足吉が立っていた。華彦が使っている目明しだとわかると、仏馬と塵太郎は先に中に入ってしまった。

「すまんな。お役目で出かけていたのだ。――なにかわかったか」

「へえ、いろいろと……」

「そ、そうか」

華彦は下足吉を少し離れた、ひと通りのない場所に連れていった。

「今日は、下足吉、よくやった、とお褒めの言葉をいただきとうござんす」

「それほど掘り出せたのか」

「まあ、聞いておくんなせえ。やっぱりあの柴福てえ店にはなにかありますぜ」

下足吉によると、店の近所で聞き込みをしたところ、さまざまな噂話を入手することができたという。

柴福は、跡取り息子が流行り病で死んだあと商いの規模を小さくし、今は主夫婦と番頭、五人ほどの手代と丁稚で店をなんとか切り盛りしている。八重という娘がひとりいたが、小禄の旗本である甲松右京《うきょう》のところに行儀見習いに上がっていたときにお手がつき、側室となった。やがて懐妊し、男児を生んだ。正室の三津《みつ》にはこどもがいなかったので、この鳩之助《はとのすけ》という子が跡継ぎということになる。

「跡目争いでもあるのか？」

「そんなものはありゃしねえ。跡継ぎを生んだんだから大威張りでそっくり返っててもよさそうだが、もとが町人だけに万事控えめにしてるそうでやんす」

「ふーん……」

「でね、つい十日ばかり前にその娘が鳩之助を連れて久々に里帰りしたらしいんで」

「お側女《そばめ》といっても今や跡継ぎの母親だ。めったに帰ってこられまい」

「だもんで、柴福の親たちも大喜びだったそうなんですが、そこからがなんだか変な具合でね」

「どういうことだ」

「そのお八重さまなるものが、柴福に来るには来たんだが、どういうわけか何日経っても帰る気配がねえ。殿さまは今、勤番士として甲府にお勤めだてえけど、いつまでも家をほっぽらかして実家に長逗留するのはおかしい、と思っていたら、ある晩やっと迎えの駕籠が来たらしいんだが、たまたま見ていた近所の糊屋の婆さんの話によると、駕籠に乗ったのはお八重さまひとりだったそうなんで」

「こどもの姿はなし、か。そりゃ変だな。その婆さんの見間違《ちげ》えじゃないのか」

「あっしもそう思ってね、しつこくきいたんでやんすが、間違えなくひとりだったって言い張るんで……」

華彦は、断片的に漏れ聞いた柴福の番頭と金さんの会話を思い出していた。

「甲松さまからも幾度となくお使いが来た。お八重さまが心労で臥せっているらしくてねえ、旦那さまもお内儀もずいぶんと心を痛めているんだ……」

番頭はそう言っていた……。

「ということは……鳩之助はまだ柴福にいるのか？」

「それでねえ……ここから先はまだ裏は取れてねえんですが、近所の豆屋の婆さんによると……」

「おまえは婆さんにばかりきくんだな」

「まぜっかえしちゃいけねえ。婆さんてえのは暇なんで、世間をよく見てるんでやんすよ。豆屋の婆さんによると、柴福の丁稚たちが毎日方々《ほうぼう》へ出かけて、なにかを探してるみたいだ、てえんです」

「店のお使いじゃないのか？」

「そうは思えねえって婆さんは言ってます。あと、あすこに河童池てえ池があるでしょう？　夜中に丁稚があの池を浚ってるのを見た、てえ……」

「それも婆さんか」

「いえ、これは夜鳴き蕎麦の爺さんで。――旦那、どう思います？」

「うーむ……」

華彦は腕組みをして唸った。

（河童池を浚っている……もしかしたら河童を探しているのか？）

そう思ったが、口には出さなかった。

「金さんという遊び人の素性はわかったか」

下足吉はかぶりを振り、

「だれにきいても、金さんは弱いものや貧乏人の味方で、だれかが困ってると助けてくれる義侠心のあるおひとだが、どこに住んでるのか、とか、いくつなのか、とか、名前は金太郎なのか金助なのか、とか……まるでわからねえ。なにか揉めごとがあると首を突っ込んできて、お上の御用を邪魔する面倒くさいやつのようでやんす」

今回のように奉行所に知られたくない一件については重宝な存在とも言える。

「そうか……。とにかく金さんより先に鳩之助の居場所をつきとめるんだ」

「さしあたってあっしはなにをしやしょう」

「おまえは甲松家のあたりを嗅ぎ回って、鳩之助が帰ってきているかどうか探ってくれ」

そう言って、華彦は幾ばくかの銭を下足吉に握らせた。

「少ないが、当座の小遣いだ」

「いつもすいやせん。——旦那はこれからどうなさるんで」

華彦は答えなかった。なにも良い思案が浮かばなかったからだ。

◇

結局、華彦は柴福に行くことにした。当たって砕けろ、だ。金さんはあのとき「小僧の口から露見しねえともかぎらねえ」と言っていた。つまり、柴福の小僧もなにかを知っている、ということだ。

（主や番頭は手ごわいだろうが、小僧なら脅しつければ吐くかもしれない……）

暖簾をくぐったが、店のなかがなんとなく暗い。このまえもいた小僧がやってきたので、なにか言い出すまえに、

「お上の御用で来たんだ。とっとと主に取り次がないと小僧だろうがなんだろうが牢屋にぶちこむぞ」

十手風を吹かせてみた。小僧は青い顔で帳場にいる番頭をちらと見た。番頭がかぶりを振ったので、

「すみません。主はただいま留守にしておりまして……」

「嘘をつくとただじゃおかないぞ。よし、今からこの店を家捜ししてやる。主がいなかったらここで腹を切って詫びよう。そのかわり、もしいたらおまえらみんな番所に連れていくぞ」

小僧はまた番頭の方を見た。番頭が立ち上がり、

「どんなことであれ、まずは番頭のこの私が承るのが店の決まりになっております。主にききたいこと、というのはなんでございましょうか」

「鳩之助はどこにいる」

番頭の顔色が明らかに変わった。

「な、なんのことでございましょう」

「近所のものが言ってるんだ。こども連れで里帰りしたここの娘は帰るときひとりだった、とな」

「ははは……はは……なにを言い出すのかと思ったら……。鳩之助さまはちゃんとお屋敷にお帰りになりましたよ。ご近所のひとたちも変なことを言いふらさないでもらいたいね」

「糊屋の婆さんがそう言ってるんだ」

「あいつか！　今度会ったらとっちめてやらないと……。あの婆さんはだいたい目が疎いし、普段からぼーっとしてるんです。あんなひとの言うことなんか当てになりゃしませんよ」

「そ、そうか……」

そう言われるとそれ以上押し返すことができない。

「甲松のお殿さまには確かめましたか？　確かめてない？　それじゃあ話にならない。鳩之助坊ちゃまはあちらのお屋敷で元気にしておられるはずです。さあ、もう得心したでしょう？　さあさあさあさあ、お帰りください」

番頭にまくしたてられ、華彦は言葉に詰まった。

「そうはいかない。——おまえのとこじゃ近頃、小僧たちにあちこちなにかを探させてるそうじゃないか。なにか失せものでもあったのか？」

「それも糊屋の婆さんが出所《でどころ》ですか」

「こいつは豆屋の婆さんだ。失くしものなら番屋に届け出た方がいいと思うぞ」

「ほっといてください。そもそも失くしものなんかしてません。小僧たちは普通にお使いにいかせてるだけです。あの豆屋の婆さんは酒飲みでいつも酔っ払ってるから、ときどきわけのわからないことを言い出すんです。そんな不確かな話を聞いただけで十手をちらつかせて店に来られちゃ商売の邪魔、迷惑です」

「いや、私も決して悪気があって来てるんじゃないんだ。なにかあるなら助けようと思って……」

　そのとき小僧が番頭に、

「番頭さん……ここは……打ち明けた方が……」

「ダメだ。なにを言ってる。おまえは黙ってなさい」

「でも……」

「いいから！」

　華彦が小僧に、

「なんだ？　なにか私に打ち明けたいことがあるのか？　相談に乗るぞ」

　番頭は割って入るように、

「なんにもありゃしません。あなたには関わりのないことです。すいませんが、そろそろ仕事に戻りたいのでどうかお帰りになってください」

「もうひとつだけききたいことがある。そこにある池のことだが……」

「あの池がどうかしましたか」

「あの池を夜中に小僧たちに浚わせてると聞いたぞ。なんのためにそんなことをする」

番頭はふたたび蒼白になったが、

「よくご存じですね。それは糊屋の婆さんからですか、豆屋の婆さんからですか」

「いや、これは夜鳴き蕎麦の爺さんんだ。――池を浚ってるのはもしかすると……」

「へえ……」

「河童を捕まえようとしてるんじゃないのか？」

「は……？」

番頭と小僧は同時に噴き出した。番頭は腹を抱えて、

「あははは……なにをおっしゃるかと思ったら河童を……捕まえる……昔話じゃあるまいし、そんな馬鹿げたこと……」

「ち、違うのか」

「違いますよ。池の水が濁ってきたから底のゴミを浚ってるだけですよ」

「だったらどうして夜中にやるんだ」

「昼だと釣りしてるひとがいるんで、迷惑にならないよう夜にやってるんです」

「本当に河童じゃないんだな」

「それだけは請け合います」

「キュウリについてはどうだ」

「は……？」

番頭はきょとんとした顔になった。揺さぶりをかけようとしたのだが、まるで効き目はなかったようだ。華彦がため息をついたとき、

「番頭さん、やっぱりこのひとに……」

「ダメだと言ったらダメだ。長松、おまえは向こうに行ってなさい」

小僧は悲しげな顔つきでどこかに行った。番頭は華彦を無視して勝手に帳場に戻り、黙々と帳合いをはじめた。華彦対番頭の対戦は、番頭に軍配が上がったのだ。

華彦はやむなく、

「邪魔したな。また来る」

「もう来ないでください」

番頭は顔を上げずにそう言った。

（完敗だ……）

華彦はとぼとぼと柴福を出た。このまま奉行所に戻るのも癪だったので、河童池に行ってみることにした。怖くないと言えば嘘になるが、無辺左門が言ったように昼間なら怖さも多少はましだ。番頭に小馬鹿にされたままでは帰れないし、ここはふんばりどころだろう。もし、河童が出ても、皿を割ってしまえばなんとかなるだ

ろう……。

とぷん……という音がした。華彦は水面に目をやった。蛙かフナが跳ねたのだろうが……どうしても河童に結びつけてしまう。昼なお暗い、というか、河童池の周囲はどんよりとした雰囲気で、池の水同様、濁った空気が漂っている。

華彦は水面を見つめた。どれぐらいの深さなのか見当がつかない。もしかしたらものすごく浅いのかもしれないし、とんでもなく深いかもしれない。それぐらい澱んでいるのだ。その水面を割って、いつ河童が姿を現すか……と思うと怖気が背筋を這い上がるが、

（あの番頭に一矢報いなくては……）

いつまでも震えているわけにはいかないのだ。そんな思いでいた華彦が、ひょいと向こう岸に目をやると、そこにだれかの姿があった。ビクッ、としたが、よく見ると六十歳前後のいかにも隠居といった風体の町人が釣り糸を垂れているのだ。

（な、なんだ……釣り人か……）

華彦は池を回ってその男に近づき、

「御用の筋できたいことがあるんだが……」

「八丁堀の旦那ですか。なんなりと……」

「おまえはいつもここで釣りをしてるのか？」

「へえ、息子に仕事を譲って暇なもんでちょいちょいと……」

「河童を見たことはないか？」

「は……？」

「河童だよ、河童。知らんのか」

「河童てえと、頭に皿があってくちばしのある……あの河童ですか?」

「そうだ、あの河童だ」

「へへへ……おからかいになっちゃ困ります。そんなもの見たことござんせん」

「本当だろうな。嘘をつくとためにならないぞ」

「どうしてこんなことで嘘つかなきゃならないんです。私ゃ長年この池に釣りに通ってますが、いっぺんもそんな化けもの見たことありません」

「そ、そうか……」

そのとき華彦はふと思いついて、

「おまえは十日まえにもここで釣りをしていたか？」

「十日まえですか？」

男はしばらく指を折りながら考えていたが、

「十日まえには来てませんね。そのつぎの日なら来ましたけど……」

「つまり九日まえだな。そのとき小さなこどもを見かけなかったか？」

「ああ、おりました。お武家さまのこどもさんですかね。いいお身なりでした。おひとりで水遊びをなさってましたよ」

やはり鳩之助は河童池に来ていたのだ。

「そ、それでどうなった？」

「どうなったって……どうにもなってません。餌を取り換えたあと、顔を上げたら、もういなくなってました」

「おまえのほかに見ていたものはいないか？」

「さあ、どうだったかなあ……。覚えてるのは、棒手振りの商人《あきんど》が通りがかったぐらいですかね」

「何屋だった？」

「箒屋です」

華彦は笑いそうになった。ゆかりに命じられて箒売りの家まで箒を返しにいったことを思い出したのだ。

「まさかと思うが、その箒売り、左頬に傷がなかったか？」

「ああ、ありましたね。大きな傷でよく目立つんで覚えてます」

雨八だ……。華彦は奇妙な暗合に驚いた。

「釣りの邪魔をして悪かった。じゃあな」

華彦はふたたび池を回ってもとの場所に戻ってきた。

（尾田組に入ってから心が休まることがない。私ものんびり釣りでもしたいよ……）

そんなことを思ったとき。

突然、背後でガチャンという大きな音が続けざまに聞こえた。驚いて振り返るとそこには砕けた皿がたくさん落ちていた。

（皿……河童の頭の皿……）

恐怖がこみ上げてきた華彦の耳に、なにかが遠ざかっていく足音が聞こえた。やけにぺたぺたした足音だった。四つん這いになった河童が走り去る姿を思い浮かべた華彦はその場にへなへなと座り込んでしまった。

（やっぱりこの池には河童がいるんだ……）

一刻も早くここを離れよう……そう思った華彦だったが、それは無理だった。腰が抜けて立ち上がれなかったのだ。

◇

「旦那……旦那！」

魂が抜けたような呆けた顔で奉行所に向かって歩いていると、いきなり背中を叩かれたので、

「ひえええっ！」

と叫んで跳び上がった。振り返ると下足吉だ。

「こ、こらっ！　急に背中を叩くな。びっくりするじゃないか！」

「びっくりしたのはこっちですぜ。往来の真ん中でなんてえ声を出しなさる。みんなが見て、笑ってますぜ」

こうなると同心の威厳もくそもないが華彦はなんとか取り繕い、

「なにかわかったのか」

「へい……。旦那、鳩之助ってこどもは甲松家にゃあいねえみてえでやんす」

「マジか？　どうやって探り出した？」

「まさか武家屋敷に入っていくわけにいかねえから、出入りしてる小間物屋にきいたんです。そうしたら、いつもなら庭や門の外で遊んでることが多いのに近頃は姿も見かけねえ、と来たもんだ。小間物屋がなにげなく奥さまに、ぼっちゃんはどうなすったんです、ときいたら、怖い顔で『鳩之助は病に罹って床についておるのじゃ。このことはだれにも言うてはならぬぞ』と言われたらしい」

「ふーむ……やっぱり柴福にいるのかな」

「でね、あっしゃあ考えたんだが……もしかしたらその鳩之助ってこどもは、柴福に里帰りしてるときにいなくなっちまったんじゃねえか、とね」

「神隠《かんげ》しか」

「かどうかはわからねえが、ひとりで遊んでるうちに迷子になっちまったのかもしれねえし、かわいらしい子だてえんでひとさらいに連れてかれたのかもしれねえ。

丁稚になにかを捜させてるってのは、こどもが行きそうなところをいろいろ当たらせてるんじゃねえでしょうか」

それが本当だとすると、母親が心労で寝込んでいるのも当然と思われた。

「どうして奉行所に届け出ないんだ」

「そいつはたぶん、跡取りがいなくなった、ということが世間に知られると甲松て え旗本が困るからじゃねえかな。できればことが公になるまえに捜し出したい、という……」

「なるほど。それで、あの金さんというやつにこっそり頼んだんだな」

「でも、丁稚に池を浚わせている、てえのはなんのことでしょうね」

それを聞いた途端、華彦はハッとした。

「鳩之助は、あの池の周りで遊んでるときにうっかり足を滑らせて溺れてしまった、ということかもしれんな」

「だとしたら、その子はもう死んでるってことですかい？」

「わ、わかった、河童だ！」

華彦は大声を出した。

「は？　なんのこってやんす」

「鳩之助は河童に池に引きずり込まれて殺されたんだ。そうだ……きっとそうだ」

華彦の全身が総毛立った。昨夜彼が見た河童がこどもに襲いかかる様が思い浮かんだのだ。

「馬鹿言っちゃいけねえ。河童なんているわけがねえ」

「いるんだ。私は見たんだ」

「旦那、今は冗談言ってるときじゃありませんぜ」

「私はまじめだ。――あの池について、河童や化け物が出た、とかいう噂があっただろう」

「そんなもなあひとつもありませんでした」

「河童は見ていなくても、たとえばその……キュウリが浮かんでいた、とか……」

「まるでなかったです」

「おかしいなあ……」

「河童だキュウリだって、旦那、しっかりしてくだせえよ。――よく考えてみたら、もし鳩之助が死んでるなら番頭が金さんに捜させるはずがねえ。まだ、死んだとは決められねえから捜させてるわけだ」

「そ、そんなことはわかってるさ。――甲松家のことでほかに気づいたことはないか」

「これも小間物屋に聞いたんですが、殿さまがえらい借金をこしらえちまったらしくて家のなかは火の車。小間物なんかも一番安いものしか買ってくれねえそうでやんす」

「どこもかしこも景気の悪い話ばかりだな」

「ご時世ですからしょうがねえ。飢饉もありましたからねえ」

天保の飢饉は東北を中心に大きな被害が出た。全国的に一揆、打ちこわしが起こり、江戸でも物価が高騰した。大坂では、飢える民を救おうと元町奉行所与力の大《おお》塩平八郎《しおへいはちろう》が乱を起こすなど、世情はひりついていた。そんな民の暮らしを鑑みることなく豪奢な暮らしを送っていた大御所家斉《いえなり》が死去したあと、老中水野忠邦が中心となって、庶民の奢侈を禁ずる政策を強行したのだ。その結果、「将軍家のお膝元」と威張っていた大江戸八百八町をも暗い不況の影が覆っていた。

「よく調べてくれた。近いうちに動きがあるだろうから、おまえもそのつもりでいてくれ」

「心得ておりやす」

下足吉は離れていった。

◇

奉行所に戻ったが、部屋には尾田仏馬しかいなかった。無辺左門、旭日嶽宗右衛門、夜視らはそれぞれ町廻りに出たという。仏馬は昼間から茶碗酒を飲みながら、

「河童の方の進み具合はどうだ？」

華彦は、甲松家の内情や鳩之助というこどもの消息がわからない件について報告した。

「なるほど、初日にしては上出来だ」

「いや、それが……」

華彦は頭を掻き、

「今のはほとんど岡っ引きに探らせたのです」

「なんだ、そうか。まあ、正直でよいが……おまえはなにをしていた？」

「私は柴福に行きました。やはりあの池には河童がいますよ」

「なにゆえそう思う」

華彦は、小僧が池を浚っていたことから、鳩之助というこどもは河童に襲われて水に引きずり込まれたのではないか、という自説を熱く語った。

「あの池でいつも釣りをしているという隠居に聞いたのですが、たしかに鳩之助はあの池で遊んでいたそうです」

仏馬は半ば笑いながら聞いていたが、

「それに、私が池の近くにいるときに、後ろから割れた皿がたくさん投げ込まれたんです。河童が、頭の皿の割れてしまったやつを私にぶつけようとしたんじゃないか、と思うんです」

「じゃあ、おまえは、河童てえのは頭の皿が割れたら、新しいのと取り換えてるというのか」

「えっ？　そうじゃないんですか？」

「あのなあ、河童の皿というのはまことの皿ではなく……」

仏馬が説明しようとして言葉を止めた。

「待てよ……割れた皿がなにゆえおまえのところに投げつけられたのか……」

「そりゃあ、河童が私を害そうとしたに決まっています」

仏馬はしばらく考えていたが、

「これはもしかすると……」

そうつぶやくと厳しい表情で立ち上がり、

「手遅れになってはいかん。わしは旭日嶽と左門、夜視を召し集め、お頭に指示を仰ぐ。おまえはすぐに行け」

「か、河童退治ですか」

「そうではない。じれったいやつだ。甲松という旗本のところに行って、お八重さまに会うのだ」

「町方に会ってくれますかね？」

「鳩之助のことで至急ききたいことがある、こどもの命がかかっている、一刻を争うのだ、と言え。それでも会わぬと申したなら、奉行所の目は節穴ではない、手をたずさえ合った方が互いのためだ、と言え」

「なにをきけばよいのでしょう」

「まことのことだ。鳩之助の身になにが起きたのか、真実を教えてくれ、と言えばよい。町奉行所はあなたの味方だ、とも申せ」

「それは……鳩之助の命が危ない、ということですか」

「おそらくは、な」

「わかりました。——逆勢華彦、心してことに当たります」

華彦は顔を引き締めた。

◇

旗本甲松右京の屋敷はすぐにわかった。見たところなかなかの格式だが、植木の手入れがされていない、とか、塀の壊れた個所の修繕ができていない、など、近頃のこの家の台所事情が反映されているようだ。門から入り、玄関で声を上げる。

「どなたかおられませぬか。北町奉行所のものです」

しばらくして、不機嫌そうな顔つきの用人らしき男が現れ、見るからに華彦を見下した態度で、

「町方がなんの用だ」

「御用の件で参りました。こちらのご側室、お八重さまという方にお目通りしたい

のですが……」

「お八重さま？　お八重さまは今……臥せっておられる。会うことはかなわぬ。帰れ」

「臥せっておられる、というのはご病気ということですか」

「汝がごときに詳しゅう申すことはない。さあさ、帰ってくれ」

「私を帰すと後悔しますよ」

「なに……？」

「私は鳩之助さんのことで来たのです」

「……………」

　華彦はわざと声を張り上げた。

「鳩之助さんのことでお八重さまに至急おききしたいことがあります！　こどもの命がかかっているのです！　一刻を争うのですよ！　お八重さま！　お八重さま！　お八重お八重、八重八重八重八重……」

「ええい、うるさい！　近所に聞こえるではないか！」

「八重八重八重八重、八重八重八重八重！」

「だまれ！　だまれと申すに」

「お八重さまに取り次いでいただけぬなら、もっと八重八重申しますよ」

「わ、わかった。しばらく待っておれ」

用人は奥へと入っていった。しばらくして戻ってくると、

「やはりお八重さまはお身体の具合が悪く、会うことはできぬ」

「それはお八重さまご自身がそうおっしゃったのですか？」

「そうではない。奥さまがそのように申しておられるのだ」

「奥方ではなくお八重さまにきいてほしいのです」

「そうはいかぬのだ」

華彦は一段と声を大きくして屋敷中に聞こえるように、

「町奉行所の目は節穴ではありませんよ！　手をたずさえ合った方が互いのためではありませんかねえ！　どうです、お八重さま！　お八重八重八重八重八重……」

「あー、やかましいわ！」

用人は絶叫した。

「なんと言われようとお八重さまに取り次ぐことはできぬのだ。とっととお帰りなされ」

取り付く島もない。華彦はため息をつき、

「わかったわかった。帰るよ。帰るが……お八重さまの塩梅がようなられたころにまた来よう」

「また来ても同じです」

用人は冷たい目を華彦に向けた。町方同心をしていたころからこういうあしらい

を受けるのはしょっちゅうである。

「同じでもまた来る」

そう言い残して華彦は甲松の屋敷を出た。なんとかして用人の目をかいくぐり、お八重さまに会えぬものか……と思ったが、門が閉じられてしまった。

(ダメか……)

尾田仏馬に命じられた役目を果たせなかった悔しさもあり、あきらめきれぬ華彦は屋敷の周囲を無駄に二周した。三周目に入ろうとしたとき、後ろからだれかがつけてくるのに気付いた。振り向くことなくその場を離れ、少し先の路地に向かうと足音もついてきた。やはり、華彦をつけているのだ。路地に入り、後ろをちらりと見ると、頬かむりをした男だった。華彦はホッとした。物の怪でなければ安心である。立ち止まって、

「なんの用だ」

男はくぐもった声で、

「あの屋敷に近寄るな。命がないぞ」

華彦は男に向き直り、

「町奉行所の同心がそのぐらいの脅しで、はいそうですかと引き下がると思っているのか」

それだけでも華彦にしては精一杯のセリフだった。両脚に震えが来ているのを悟

られぬよう大地を踏みしめたとき、

「脅しじゃないぞ！」

男はそう叫ぶと、いきなり匕首《あいくち》を抜いて斬りかかってきた。

「うへっ」

華彦は避けようとしたが、あわてたせいかつんのめってしまった。頬かむりの男は華彦に覆いかぶさるようにして刃物を振り上げた。

「危ねえ！」

横合いからだれかが男に体当たりを食らわせた。男は亀のように仰向けになった。

「逃げるんだ！」

それは金さんだった。金さんは男の匕首をもぎとると遠くに投げ捨て、

「さあ、言いやがれ。だれに頼まれた」

男は無言でかぶりを振った。金さんは華彦に顔を向け、

「おめえさんもぐずぐずしてるからこんな目に遭うんだよ。早く行っちま……あっ！」

男が、懐に隠し持っていたもう一本の匕首で金さんの脇腹を刺したのだ。

「この……野郎……！」

男は金さんの腹を蹴飛ばして自分のうえからどかせると、今度はとどめを刺そうというのか刃物を振りかざした。

「いかん……！」

華彦は夢中で十手を抜き、男の肩に叩きつけた。男は、腰に匕首を当て、華彦目掛けて突進してきた。華彦は一歩も退かず、男の匕首を十手の鉤の部分で受け止めると、ぐい、と大きくひねった。匕首はその場に落ちた。拾おうと身を屈めた男の足に十手をからめると、男はその場に横向きに倒れた。

「くそっ、こうなりゃ自棄《やけ》だ！」

立ち上がった男が華彦に摑みかかろうとしたとき、しゅん！　という音とともに黒い物体が飛来して男の右頰に激突した。

「痛ええええっ！」

男は右頰を手で押さえて悲鳴を上げ、そのまま転がるように逃げていった。

駆け付けたのは夜視だった。普通の町娘のような格好だが、鮮やかにとんぼを切ると、華彦のまえに立った。

「伊賀の夜視姫、ただいま参上」

「来るのが遅いんですよ！」

華彦が文句を言うと、

「ごめんごめん。――でもさ、あんたなかなかやるじゃん。見直したよ」

「父上にこどものころから十手術をはじめ武芸はとことん仕込まれたから、身体が勝手に動くのです。もっとも臆病のせいで披露する機会はまるでありませんが……」

金さんもやってきて、

「あんた、強えね。助かったよ」

「刺されたところはどうだ」

「ああ……かすり傷みてえなもんだ。血止めはしたけど、あとで医者に行くよ」

「医者ならうちの屋敷の敷地に、泥鰌庵元亀というものがいる。名医だそうだから診てもらうとよい」

「ありがとうよ。あんた、いいやつだな。──だけど、もう甲松家には近寄らねえ方がいいぜ。またさっきみてえな目に遭う」

「やつはなにものだ」

「さあてね……そこはあんまりほじくらねえでもらいてえのさ」

「なぜだ？」

「そ、それはだな……」

金さんが言いよどんでいると、

「もういいのです」

女の声がした。見ると、白小袖を着た若い武家の女だ。

「いや、お八重さま、それじゃあこちらの家が……」

「お上に知られるまえになんとか……と思うておりましたが、もうあきらめました。

なにより大切なのは鳩之助の命です。あなたさまが門の外で呼ばわっている言葉を聞いて、私は胸が痛みました。あなたさまは、奉行所の目は節穴ではない、手をたずさえ合った方が互いのためだ、とおっしゃいました。そのとおりだと思います。もはや内密に、などと申しておる場合ではありませぬ。それに、あのように刃物を使って脅しなどかけるようでは、皆さま方にご迷惑をおかけすることになります。このあたりで終わりにしなくてはなりませぬ」

　金さんはしばらく無言だったが、

「承知しやした。お八重さまがそれでよければ……」

「はい。私は覚悟を決めました。殿さまや奥さまからどんなお咎めを受けてもかまいませぬ。鳩之助さえ……鳩之助さえ無事に戻れば……」

　華彦は、

「私にはまるで話の筋が見えません。さっきの男はだれなんです？」

「あれは……甲松家で雇うている中間です」

「えっ……？」

　奉公人が町方同心を刃物で脅すとは、甲松家になにが起きているのだろう……。

「立ち話もなんですので、屋敷にお入りください。私の部屋なら、邪魔も入らず、ゆっくりお話しできると思いますし、金殿の傷の手当てもできますゆえ」

　そう言われて、三人は甲松家に上がり込むことになった。八重の部屋に入ると、背の高い奥女中が茶を持ってきた。

「おさよ、しばらくはだれも来させてはならぬぞ」

八重は、そう言いつけると、襖を閉めた。夜視が手早く金さんの傷を手当てした。膏薬をたっぷり布につけて傷口を塞いでしまう。忍びに伝わる療法だという。

「あの野郎、俺の大事な刺青にちいとでも傷つけたら生かしちゃおかねえところだったが、運よく背中じゃなくて腹をぶっ刺してくれたんで助かったぜ」

「血も止まってるし、しばらくは動かないことね」

「そうはいかねえ。これから大暴れしねえと……あ痛ててて」

そして、皆が落ち着いたのを見計らって、八重は先日起きた出来事について話し始めた。

八重は、久しぶりに実家である柴福に鳩之助を連れて里帰りした。甲松右京が甲府に行って留守なので、正室の三津も快く、

「三、四日ゆっくり骨休めをしておいで」

と言ってくれたが、八重は二日で帰るつもりだった。しかし、その二日目に鳩之助の姿が見えなくなったのだ。近くにある河童池で水遊びをしたい、と言うから、小僧をひとりつけて先に送り出し、すぐにあとから自分も行くつもりだったのだが、父親の腰が痛み出したのでさすったり揉んだりしているうちに時間が経ってしまった。あわてて池に行ったが、鳩之助はいない。店に戻ったのだろうか、と帰ってき

たが見当たらない。鳩之助についていたはずの小僧に、

「鳩之助はどこ?」

ときくと、

「さあ、私は店で棚卸ししてましたから存じません」

「えっ?　では、だれが鳩之助についていったの?」

調べてみると、忙しさにかまけて結局だれもついていなかったことがわかった。嫌な予感がした八重だったが、それでもまだそのときは、どこかで迷子になっているのだろう、近くを捜せば見つかるにちがいない……ぐらいに思っていた。なにしろ目を離していたのはほんのわずかな時間だけなのだ。遠くには行けないはずである。

しかし、店のものにも手伝わせて方々を捜したが、どこにもいない。次第にあたりが暗くなってくる。八重は蒼白になってあちこちを走り回った。家のなかのどこかにいるのかもしれない、と蔵や物置き、便所、布団部屋など隅から隅まで捜したが見つからなかった。

このことが世間に露見したら大変なことになる。跡継ぎが失踪した、ということはつまり、家が断絶する可能性があるのだ。八重はひそかに正室である三津に手紙をしたため、事情を説明して、しばらく逗留《とうりゅう》したい旨を申し出た。普段は物分かりのよい、優しい三津だが、さすがに烈火のごとく憤り、

「殿さまの留守になんという失態を……」

と八重を手紙で叱ったが、まったくそのとおりですべては八重が悪いのである。

八重は心労から床についた。見かねた両親や番頭が、小僧をこどもが行きそうな場所にあちこち派遣して捜させたり、考えたくはないが、池で溺れた可能性もある、と河童池を浚わせたりしたが、いずれもなんの収穫も得られなかった。

ことが公になってしまうから、町奉行所に届けるわけにはいかない。そこで柴福の番頭が思いついたのが「金さん」に頼むことだった。

以前、店の品物に因縁をつけ、金をせびろうとした破落戸《ごろつき》を追い返したところ、そいつが仲間を引き連れて仕返しに来た。そのときたまたま通りがかったのが金さんだった。七、八人のならず者が刃物を抜いて囲むなか、落ち着き払って小気味のいい啖呵を切り、あっという間に破落戸どもを畳んでしまった。主や番頭が礼金を出そうとしてもどうしても受け取らず、

「俺ぁ好きでやってるんだ。構わねえでくれ」

せめて食事でもてなそうとしても、

「こんなご立派な部屋じゃあ飯も酒も美味かねえ。悪いがお断りだ」

そう言って帰っていった。

番頭が金さんのことを言うと、柴福の主も、

「あのお方なら……」

と腹をくくり、金さんを呼び寄せた。町奉行所に知られないように鳩之助を捜してほしい、と頼み込むと、
「へえ、ようがす」
の一言で引き受けた。
「ご心配でしょうが、お八重さまはお屋敷に帰ってもらった方がいいでしょう。いつまでもここにいちゃ、世間の目ってものがある。口さがない連中はなにを言い出すかわからねえからね。今後のことを奥さまとご相談になっておくんなさい」
そういうわけで、八重はひとりで甲松家に戻ったのだった。八重は、三津にこっぴどく叱責された。もし、鳩之助に何かあったら、養子を迎える、などの対策を早急に行わなければならない。しかし、鳩之助の生死がわからぬうちは動けない。殿さまがお留守のあいだになんとか鳩之助を見つけるのだ。そう言われてもどうしようもない。八重は金さんの報告を待つしかなかった。
八重はもろちん、両親も番頭も小僧たちも、どうしたらいいか悶々としているところに、一枚の投げ文が店に放り込まれた。そこには、かな釘のような文字で、
はとのすけ
あずかっている
かえしてほしくば

さんぴやくりよう
よこせ
よこさねば
ころす

と書かれていた。皆は呆然とした。事故ではなかった。鳩之助はかどわかされたのだ。皆は鳩之助が生きていることを知って喜んだが、今の柴福にはそんな金はとうてい作れないし、もちろん借金だらけの甲松家にも無理だ。このままでは鳩之助は殺されてしまう。こうなったら仕方がない。八重は、甲府の甲松右京にすべてを打ち明けることにした。三津は反対したが、なんとかして三百両の金を作らねばならない。八重は右京に手紙を出した。仰天した右京からは、金をこしらえる算段はおまえに任せる、このことは絶対によそに漏らしてはならない、とくに町奉行所に知られるな……との返信が来た。

金さんだけが頼りだったが、金さん曰く、

「かなり的は絞られてきた。けど、まだ証拠はねえし、うかつに踏み込んでも鳩之助坊ちゃんがそこにいるとはかぎらねえ。三百両は手もとにねえんだから、下手したら逃げられちまうし、坊ちゃんも取り戻せねえ……となったら最悪だ。坊ちゃんの居所を確かめ、かどわかしをした野郎が間違えなくそいつだってことがわかるまでは……耐えてくんな。それに、この投げ文にゃあ、金の受け渡しのことがなにも書かれていねえ。つまり、向こうさんはこのあと二枚目の投げ文をしてくるってことだ。あたふたしてひでえ結末にならねえよう、俺たちも腰を落ち着けてことに当たろうぜ」

　そう言われても、柴福の主は落ち着けなかった。柴福をひと手に渡して三百両の金を作ろうとし、番頭に止められたりした。

「金さんを信用してないわけではないが、ひとりでは手に余る。やはり町方に届けた方がいいのとちがうか。こっそり動いてほしい、と頼んでみたらどうだ。お奉行所にはつてがないこともないし……」

　柴福の主はそう言ったが、番頭は頑として首を縦に振らなかった。

「そんなことをして町方から話が漏れたらどうします。甲松の殿さまに申し開きができません。奉行所の連中こそ信用できかねます。どうせあいつらはなにかあっても責任は取らんのですから」

　不安ななか、日々が過ぎていく。皆の緊張が頂点に達したころ、二枚目の手紙が来た。昨日のことである。

さんぴやくりよう
したくできたか

はこにいれ
ふろしきにつつみ
あさつてのねのこく
しやうへいばしのうえから
かわにおとせ

ついに日時と受け渡し方法を知らせてきた。

「川に落とせ、とはどういうことでしょう。もしや、河童……」

華彦が言うと、

「そうじゃねえ。たぶんこいつは舟だ」

「舟？」

「ああ。テキは舟で橋のしたに待ち構えてて、お宝が降ってきたらそれを乗っけてずらかるって寸法だろうよ。水のうえじゃあだれも追っかけてこねえ。うまいことを思いついたもんだ」

とはいえ、柴福にも甲松家にも三百両の用意はない。どうしたものか金さんを呼んで相談しようと思っていた矢先に、八丁堀の同心が現れたのだ……という。

「俺がお屋敷に入ろうとすると、おめえが中間にやられそうになってるじゃねえか。思わず体当たりしたってわけだ」

夜視が、

「あたしも、尾田さまの命でここに来たのさ。尾田さまは旭日嶽さんや左門さんを呼び出したあとお頭のところに行ったよ」

金さんは照れ臭そうに、

「じゃあ、もう八丁堀にゃあバレてるってことか。もう隠したってしかたねえな」

華彦は、

「バレてるといってもうちの組だけだ。ほかの組はまだ知るまい」

八重が金さんに、

「それで金殿、鳩之助がどこにいるか、わかったのか」

すがるような声でそう言った。

「もうちょいだ。坊ちゃんがいなくなったとき、あの池のところに箒売りがいたことがわかってる。たぶんそいつがかどわかし野郎だろう。そいつがどこのだれだかわかりゃあ、あとはこっちのもんだ。今俺は、江戸中の箒売りをしらみつぶしに当たってるところさね。もう半分まで来た。だから明日の子刻までには残りを……」

「いや……そんなことはしなくていい」

華彦が金さんの話をさえぎった。

「やっとわかった。鳩之助をかどわかしたのは雨八という箒売りだ。左頬に大きな傷がある。それが目印だ」

金さんはぎょっとしたように、

「どうしておめえ、そんなことを知ってるんだ」

「いや、それはその……姉がそいつから箏を買ったんだが、気に入らぬから返してこい、というのだ。私は仕方なく、箏問屋から左頬に傷のある箏売りの住まいをきいて、箏の代金を返してもらった」

「ふん、それで?」

「ところが今日になって、河童池のところで釣りをしている隠居から、鳩之助が遊んでいた日に左頬に傷のある箏売りを池のところで見かけた、と聞いたのだ。そのときは偶然だと思っていたのだが……」

「それだよ！　間違えねえ。やったのはその雨八だ。あああ、俺ぁ間抜けだ。最初《はな》っからおめえにききゃよかったんだ。──これでそいつの名前も住処もわかった。あとはそこに鳩之助坊ちゃんがいるかどうかを確かめて……」

するると八重が、

「お待ちくださいい。その箏売りなら、私も見たことがございます」

皆は驚いた。金さんが、

「どちらで見かけられましたか」

「この屋敷で……」

驚く一同に八重は、

「うちに出入りしている小商人は魚屋、小間物屋、貸本屋、豆腐屋などがおりますが、箒売りは左頬に大きな傷があり、奥さまがたしか『雨八』と呼んでいたような……」

夜視が、

「奥方がそいつと知り合いだなんて……どうして……」

そのとき廊下側の襖が開き、

「わたくしからお答えいたしましょう」

入ってきたのは三十歳半ばぐらいの﨟長《ろうた》けた婦人で、丸髷を結っている。八重が頭を下げたので皆もかしこまった。

「わたくしは甲松右京の妻、三津と申します。わたくしは……」

三津はこみ上げてくるものがあったのか言葉を切り、涙をこぼした。そして、

「わたくしは浅はかな考えからたいへんなことをしてしまいました。殿にもお八重にも、また鳩之助にも取り返しのつかないことを……」

華彦は言った。

「北町奉行所同心の逆勢華彦と申します。すべてをお話しください。鳩之助の身になにが起きたのでしょうか。私は真実が知りたいのです。町奉行所はあなたの味方です」

三津は懐紙で目頭を押さえながら、

「わたくしはもともと八重も鳩之助も気に入っており、跡継ぎを生んでくれてありがたいと感謝こそすれ、ねたむようなことはありませんでした。ところが、半月ばかりまえ、ある夢を見たのです」

「夢……？」

「はい。わたくしが部屋で眠っておりますと、ぼろぼろの黒い衣を着た汚い坊主が入ってまいりました。その坊主は目の玉が裏返っているのです。わたくしが恐ろしさに震えていると、『なにゆえ恨まぬ。恨むはひとの本性なり。おのれが境涯を恨め。跡継ぎとその母親を恨め。恨め、恨め……』……そう言うとわたくしに覆いかぶさってきて、ふっと消えたのです」

夜視は華彦に小声で、

「そいつは『裏目坊《うらめぼう》』っていう妖怪だね……」

「裏目坊？」

「ああ、ひとに妬み心を起こさせるのさ」

華彦は震えたが、気づかず三津は続けた。

「変な夢を見た、とは思いましたが気にもとめず、そのまま寝てしまいました。でも、つぎの日の朝起きたときから、わたくしのなかにお八重と鳩之助への嫉妬の念が湧き起こってきたのです。日陰の身のはずの側室が、跡継ぎの男児を生んだというだけでちやほやされ、子のないわたくしの方が日陰もの扱い。そういう悔しさを突然感じるようになりました。そして、それが嵩じて、とうとう……鳩之助に……ひどいことを……」

三津は嗚咽《おえつ》をこらえながら続けた。

「この屋敷のなかではなにもできませぬゆえ、里帰りするのをよいことに、うちに出入りしていた小商人のうち、ときどき話し相手になってくれる箒売りの雨八と申すものが博打で大きな借財を抱えていると小耳に挟み、ちょっと小遣い稼ぎをせぬか、と持ち掛けたのです。柴福の周辺を見張り、鳩之助がひとりになるのを見計らってかどわかしの真似事をせよ、と……」

夜視が、

「なんてことを……」

と小声で言いかけたので、華彦は「しっ」と口を閉ざさせた。

「雨八はふたつ返事で引き受けました。わたくしは……今から思えば魔が差したのです。いい気になっているお八重に少しばかりお灸をすえてやろう……それぐらいのつもりでした。鳩之助は三日もしたらすぐに返してやるが、それでもお八重と柴福のものたちはさぞかしあわてふためくであろう、よい気味だ……と思っておりました。ところが……かどわかしの脅し文が参ったというではありませんか。わたくしはそのような指図はいたしておりませぬ。すぐに雨八を呼び出して詰問いたしますと、賭場の借金が返せなくて貸元から脅されており、鳩之助の身代金で支払うしかない、と申します」

「借金というのはいくらぐれえですかね」

　金さんが言うと、

「三百両だそうです」

「なーるほど。平仄《つじつま》が合うねえ」

「わたくしが、そんなことは許さぬ、と叱りつけますと、あんたも俺と同じ穴のむじなだ、俺を手助けしないならあんたが跡継ぎをかどわかしたことを殿さまと奉行所にぶちまける、と申すのです。そんなことをされたらわたくしは身の破滅です。どうしてよいかわからず、だれにも相談できず、ただ悩みに悩んでおりました。今日はとうとう町奉行所の同心がわが屋敷を探索に現れた、と知り、このまえ口入屋から来たばかりの渡り中間にいくばくかの金をつかわして、あの同心を脅して追い払え、と命じたのです。そのせいで金殿に怪我を負わせ……このうえ鳩之助の身になにかあったら……わたくしはもう……死んでしまいたい」

　八重が三津に、

「奥さま、気を確かにお持ちください。私たちは鳩之助を無事に取り戻さねばなりません。そのためには奥さまのお力が必要です」

「お八重……わたくしは此度のことで、鳩之助がこの家にとって、いえ、わたくしにとっても大事な子と気づきました。あの子を取り返すためならどんなことでもいたします」

「それを聞いて安堵いたしました」

八重が言うと、金さんが、

「奥方さま、雨八が入り浸っている賭場や、雨八がねんごろにしている女のことなんか聞いちゃいませんかい」

「そうですね。一番借金が多い賭博場はたしか……」

三津は考えはじめ、皆は固唾を呑《の》んで三津の言葉を待った。

「申し訳ありませぬ。どうしても思い出せませぬ」

そのとき、廊下でガタン！　という音がした。

「だれだ！」

金さんが襖を開けると、駆け去っていく足音が聞こえた。

「どこのどいつかわからねえが、立ち聞きしてやがったな」

金さんはもう一度襖を閉めた。

◇

「あたしにも逆勢さんにも、三津さんのまわりに『裏目坊』の姿は視えませんでした。妬み心を起こさせるだけ起こさせておいてから離れたんだと思います」

夜視が尾田仏馬に言った。

「なるほど……」

尾田仏馬は一瞬瞑目したあと、その両眼をフクロウのように見開き、

「鳩之助は雨八の手にあることが明白となった。鳩之助を救うのだ」

無辺左門、旭日嶽宗右衛門、塵太郎、そして華彦の四人は、尾田組の部屋で仏馬のまえに座している。やや離れたところに金さんが壁にもたれて座っている。

「逆勢、ようやった。――あとは尾田組の皆で取りかかれ」

「ははっ」

一同がそう言ったとき、石段を下りてくる足音が聞こえた。皆がそちらを見ると、北町奉行遠山金四郎が立っていた。

「なにを置いてもこどもの命を守ることが肝要じゃ。――尾田、頼んだぞ」

「はっ」

華彦は金さんと金四郎を交互に見て、

「うわーっ、やっぱり同じだ。お頭がふたり……影の病……ダブル……夢じゃなかったのか……」

遠山金四郎は苦笑いして、

「まだわかっておらなんだのか。わしとこやつはな……双子の兄弟じゃ。わしとこやつが生まれたとき、わしの父はこやつを他家に養子に出し、わしは遠山家に残っ

た。しかし、こやつを養子にした家はのちに不祥事で断絶となった。こやつは武士を捨てて町人の身分となり、背中に刺青を入れて無頼の徒と交わるようになった」

華彦は、

「でも、町人からの信頼は絶大で、たいへんな人気者のようです」

「ふん。金さん金さんとおだてられていい気になっておるだけじゃ」

「金さんのお名前はなんというのです？　金五郎ですか？」

金さんは照れたように、

「それが……俺も金四郎なのさ」

「えっ？」

「金四郎てえのは俺たちの父親がかつて名乗っていた通称でね、俺は遊び人になったときに勝手にその名を名乗ることにしたんだが、兄貴は兄貴で親父からその名をもらったらしい」

「へー、さすが双子だけに考えることは同じですね」

金四郎景元は苦い顔で、

「こやつ……いつもは奉行所のことをくそみそにけなすくせに、ときどきやってきてはあれを見せろだのこれを調べさせろだの勝手なことばかり申す。遊び人風情を出入りさせていることがわかってはお上の体面にかかわるゆえ、来るなときつう申してもやってくる」

「へっ、俺もこんな辛気臭いところにゃあ来たかねえよ。奉行所なんぞに出入りしてることがわかったら、遊び人の体面にかかわるってもんだ。奉行でございと威張りかえってる兄貴の面なんぞ見たくもねえや。けどよ……今度ばかりは別だ。こどもの命がかかってるからな」

「そういうことじゃ。おまえとのいさかいは一時休戦といたそう。——まずは、雨八の長屋を調べ、鳩之助がいるかどうかを確かめねばならぬ」

華彦は、

「私が行ったときはこどもなんかいませんでしたが……」

「押し入れや水瓶のなかなども見たのか」

「いや、それは……」

尾田仏馬が、

「夜視、おまえの出番だな」

「はい」

夜視はしなやかな動きで地上に上がっていった。そして、尾田組のほかの面々は来るべき捕り物に備えて身支度をはじめた。華彦は町廻り同心だったころに教わった捕り物出役の準備をした。鎖帷子を着込み、鉢巻に鉄片を仕込み、鎖籠手に鎖脛当て、刃引きした刀と十手を左腰に差す。しかし、ほかの連中はそんな物々しい格好はしない。無辺左門はよれよれの着流しに大刀一本を腰にぶち込んだだけ。旭日嶽は回しを締め、浴衣を着、例の金棒を引っさげている。塵太郎はなにもしていない。

本来ならば与力は火事場羽織に野袴、陣笠といういで立ちで、槍持ちなどを従えるのだが、尾田仏馬はいつもの山賊のようなどてら姿にみずから大身槍を持っている。

華彦は緊張が膨らみ、喉から出てきそうだったが、おのれの身支度に集中した。華彦にもようやくわかってきた。この組では、これが正解、とか、こういう風にしろ、とかいった従来のやり方は一切通用しないのだ。服装も武器もなにもかも、それぞれがそれぞれにとって一番力を発揮できるものを選べばよい。それがオダブツ組の流儀なのだ。

（私は、普通の同心が捕り物に出るときの格好をしよう。皆の真似をしても無理が生じるだけだ。物々しく、仰々しくてよい。なぜなら私は……臆病なのだから）

「ただいま帰りました」

夜視が戻ってきた。

「長屋に雨八はいません。こどももおりません」

捕り物に出張るつもりだった一同は気合い抜けした。

「飯でも食いにいったか、それとも俺たちの動きに感づいてずらかったかのう……」

旭日嶽が言うと、夜視はかぶりを振り、

「近所のひとの話では、昨日の夜、ふたりの男が来て雨八を無理矢理どこかに連れていったそうです。博打打ち風の連中だったとか」

無辺左門が、

「どこかの賭場にでもしけこみやがったか」

そう言ったとき、

「こんにちはでござんす」

石段を下りてきたのは噺家の林家グツ蔵だ。

「これは皆さん、お揃いで……捕り物ですかい?」

左門が、

「そうだが……此度はおめえの出番はないぜ。物の怪とは関わり合いのねえ捕り物だからよ」

「ほう、そりゃ珍しい……。わかりやした。おとなしく留守番させていただきやす。——ところでこちらに来客がありましてね。門のまえをうろうろしてたんで、あたくしが裏口から引っ張り込み、ご案内申し上げたというわけで……」

「来客? 見てのとおり今忙しい。今度にしてもらえ」

「それがそうもいかねえようなんで……。おふたりともえらくお急ぎのご様子でして」

尾田仏馬が、

「ふたり？　わしらに用とはいったいだれだ」

「柴福の番頭さんと甲松というお旗本の奥方さまだとか……」

「なに？　それを早く言え。すぐに連れてまいれ」

「ようがす。――おーい、お許しが出た。下りてこい」

すぐに番頭と三津が大急ぎで段を下ってきた。ふたりとも蒼白である。まずは番頭が、

「えらいことになりました」

そう言って、手紙のようなものを皆に見せた。そこにはこう書かれていた。

さんびやくりようではたらぬ
せんりようにねあげだ
あしたのねのこく
せんりようをはしからおとせ
いちもんでもかけたら
がきのいのちはない

「つい今しがた、店に放り込まれたんです。びっくりして金さんに知らせようとし

たら、こちらだと聞いて……」

番頭は、とても町奉行所のなかとは思えぬ場所と奉行所の与力、同心とは思えぬ面々をこわごわ見渡した。

「どういうことかのう」

旭日嶽が言った。

「急な値上げとは解せぬ」

金さんが、

「ちょいと拝見。——うーん、まえの手紙とは手がちがうようだな。こいつぁ雨八が書いたもんじゃねえな」

尾田仏馬が首をひねり、

「向こうでなにか変事があったのかもしれぬ。——で、甲松の奥さまのご用事は?」

三津は番頭以上に気味悪そうに周囲を見ながら、

「思い出したのです、雨八が一番よく通うていた博打場の名を……。なにかのお役に立つかと思いまして」

「おお、それはよう思い出してくださった。なんという賭場です?」

仏馬がきくと、

「唐牛《からうし》の権太《ごんた》、というものが取り仕切っている博打場だとか」

皆は顔を見合わせた。唐牛の権太といえば、町奉行所の役人なら知らぬものはない悪辣な博徒の親分である。

「奥さま、勇気を出してよう来てくださいました。おかげで埒が明きそうです」

「お願いします。鳩之助を……鳩之助をどうか……」

仏馬は槍を握り直して、

「よし……行くぞ」

遠山景元が、

「吉報を待っておるぞ」

皆は奉行に向かって一礼し、石段を駆け上がっていった。

◇

話は少しさかのぼり、前日の出来事である。

「おい……起きろ！　起きねえか！」

酒を飲んで熟睡《うまい》をしていた雨八が薄目を開けると、ふたりの男が顔のまえにしゃがみこんでいる。

「なんだ……唐牛親分ところの……」

言いかけた雨八の頬を片方の男がびんたした。

「な、なにしやがる。手荒な真似はやめてくれ」

「なにを一丁前のことを言ってんでぇ。借金の期日は今日だぜ。親分はお怒りだ。三百両、耳をそろえて返してもらおうか」

「ああ、それなら明後日返すって言っといてくれ」

男はふたたび雨八にびんたを食らわした。

「そんな言い分が通ると思うのか。約束だ。どうあっても今日返してもらう」

「だから、今はねぇんだ。明後日になりゃ金ができるから……」

もうひとりの男が拳で雨八の鼻を殴った。たらたら、と鼻血が垂れた。

「てめぇ、このガキゃ俺たちをなめくさって……今ねぇもんが、どうして明後日になりゃできるんだよ」

「当てがあるんだ。マジだ。だから明後日……」

「じゃあ、その当てってのを言ってみろ」

「そ、それは言えねぇんだ。けど、ほんとなんだ。なあ、頼むから親分に、明後日必ずお返ししますって言ってくれよ」

男は雨八の胸倉を摑み、

「こどもの使いじゃないんだぜ。そんな話を信じて、明後日返すそうです、なんて親分に言うと思うか。どうせ今夜中にとんずらするつもりだろう。――今から俺たちと一緒に唐牛一家に来てもらう」

「そいつぁ勘弁してくれ。俺が行かねぇと三百両がもらえねぇんだ。そうなるとあんたたちも損するだけだぜ」

「行くって、どこに行くんだ」

「だ、だからそいつぁ……」

「言えねえのか」

「ああ」

ふたりの男は顔を見合わせ、うなずきあった。

「――来い」

ふたりは左右から雨八の腕をつかむと、無理矢理立ち上がらせ、引きずるようにして長屋から連れ出した。

そして、半刻ほどのち。唐牛の権太の賭場に雨八の姿があった。今夜も賭場は大勢の博打好きでにぎわっている。いくつもの盆茣蓙《ぼんござ》があり、部屋の隅には刀を抱くようにして座る用心棒の浪人が酒を飲みながら客に目を光らせていた。

隣接した部屋にいる親分の権太は頭の禿げた猪首の男で、白い猫の頭を撫でながら目を細めて雨八をにらみすえ、

「おう、雨八。なめた真似してくれたそうだな。期日は今日だ。覚えてねえとは言わさねえぜ」

「すまねえ、親分。今日はまだこさえてねえんだが、明後日には間違えなく……」

「ふふふ……死にてえようだな。三百両、てめえの命と引き換えにするつもりか。

仕方ねえな。俺も殺りたかあねえが、あんまり仏心見せてると増長して真似するやつらが出てくるからな」

そう言うと、浪人に顎をしゃくり、

「安田《やすだ》先生、ちいと頼まあ。一匹料理してやっておくんなせえ」

「おう」

幽鬼のように痩せた浪人が刀を持ってやってきた。雨八は震え上がり、

「たたた助けてくれ」

「明日だ明後日だといい加減なことを抜かすからだ。先生、裏に連れていってくれ」

「ままま待ってくれ。金が入るのはマジなんだ。当てがあるんだ。詳しく話す。話すから……」

汗びっしょりになった雨八は身をよじるようにして浪人から距離を置こうとした。

「じゃあ言ってみろ、その当てとやらをよ」

雨八は小声で、甲松という旗本の奥方の頼みでこどもをかどわかしたこと、奥方はすぐに返すつもりだったようだが、おのれの一存で身代金を要求したこと、明後日昌平橋の下で舟を浮かべていれば、うえから三百両が落ちてくる手はずになっていること……などを話した。

浪人が無表情で、

「どうせでたらめだろう。殺っちまおう」

だが、権太は眉根を寄せ、

「こいつがこんなに細かいでたらめを今急にでっちあげられるわけがねえ。おい、雨八。その話、マジなんだろうな」

「だからマジだって言ってるじゃねえか！」

「だったら、俺がかわりに金をもらいにいってやろう」

「――え？」

「三百両じゃ安すぎる。旗本の跡取り息子だろう。千両とふっかけてみようじゃねえか」

子分のひとりが、

「かどわかしの罪は重いですぜ。危なくねえですか」

「こんなになにもかもお膳立てができてる話に乗らねえ手はねえ。濡れ手で粟の丸儲けだ。それに、もともとはこの野郎が仕込んだことだ。バレそうになったら、なにもかもこいつにひっかぶせて、俺たちは知らぬ顔してりゃいいのさ」

雨八が権太に、

「その金は俺と親分とで山分けするのかい？」

「は？　おめえは遠からず死ぬんだ。金は俺が総取りだ。そもそもはてめえの借金だろうが」

「俺が借りたのは三十両ほどだぜ。それなのに利が膨れ上がって三百両なんてとんでもねえ額に……」

「賭場の借金は利が高え、てえのはおめえも知って借りてるんだろうが。――明後日は俺たちが身代金をもらいにいく。そのあとでこいつはバラしちまえばいい。この野郎の言うことがほんとかどうかたしかめてからでも、殺すのは遅くねえからな」

唐牛の親分はそう言ってにやりと笑った。

◇

「見かけねえ顔だな」

唐牛の権太の子分はいぶかしげな顔をした。金さんは、

「なんだ、この賭場じゃ一見の客は遊ばせねえってのかい」

「そうじゃあねえが……おめえさん、素人かい」

「俺ぁ渡世人じゃねえ。博打で飯を食ってる金さんてえ遊び人さ」

子分はちらと隣室の権太を見た。権太がうなずいたので、

「よっしゃ、客人、どうぞ存分に遊んでいっておくんなせえ」

「ありがてえ。今日は稼がせてもらうよ」

駒をもらった金さんが盆茣蓙の方に行くのを、

「へっ」

と馬鹿にしたような顔で見送ったその子分は、

「親分、どういたしやす」

「そうだな……今夜のところは明日の大仕事がある。客は適当にあしらって儲けさせてやり、機嫌よく帰してやんなよ」

「わかりやした……」

しばらくして盆を預かる子分が、

「親分、あの金さんとかいう遊び人ですが、ただもんじゃねえ。こっちが丁と出せば丁に張ってやがる。こっちが半と出せば半と張ってる。それもいかさまじゃねえ。まるで俺っちのツボのなかを見てるみてえなんだ」

権太は苛立ちながら、

「そんなこたあ、たまたまそいつにツキがあるだけだ。気にせずにいつもどおりにやらねえか」

「へ、へえ……」

その後も金さんは勝ち続けた。当然のように客たちが騒ぎ出した。皆、金さんと同じ目に張りたがる。しかし、丁半博打は丁方と半方で駒の数を揃えなければならないから、勝負自体が成立しない。客同士が喧嘩を始める。盆がひっくり返る。壺振りがいくら制止しても欲に目のくらんだ連中は収まらない。大勢が摑み合い、殴

り合っている。それをまた金さんが煽り立てる。なかにはどさくさにまぎれて金を持って逃げようとするやつも現れ、

「野郎、待ちやがれ」

権太はその客を追いかけて賭場から出ていった。ついに用心棒の浪人が客のあいだに割って入ったが、それでも騒ぎは収まらない。

「へっ、馬鹿な連中だよ」

いつのまにかその場を抜け出した金さんは、すばやく権太の部屋、子分たちの部屋、布団部屋などを調べてまわった。押し入れや戸袋を開け、なかのものを引っ張り出して奥をのぞく。しばらくしたころ、天井から夜視が降り立った。金さんが、

「いたか?」

「天井裏にはいない。そっちは?」

「今んところまだだ。あとは台所かな」

ふたりは連れ立って台所へ向かった。

「それにしても、金さん、手妻も使わないのに凄いもんだねえ」

「ああ、あれは実ぁ手妻なんだ」

金さんは苦笑いして、ふところから二個のサイコロを出し、

「俺がこしらえた苦心の癖賽で、二、五、一、一、六、五、四、二、三の順に目が出るやつと、三、三、二、四、五、六、一の順に目が出るやつだ。こいつとこっそりすり替えたの

さ。その組み合わせを覚えておけば、あとは頭のなかで算盤をはじくだけ。騒ぎのあいだにまた取り戻したってわけさ」

「金さん、頭いい」

「あの馬鹿奉行よりはな」

さいわい台所にはだれもいなかった。あちこち探したが見当たらない。あとは床下だ。金さんが床板を外すと、そこには野菜などがしまわれていた。

「どうやらここだな」

「なぜわかる」

「小便の臭いがする」

ふたりが野菜を外に出すと、その下に半死半生の雨八が手足をくくられて押し込められていた。

◇

「でかした」

唐牛組の外で待ち構えていた尾田仏馬は、金さんと夜視の報告を聞いてそう言った。そして、雨八に向き直り、ふところから大きなやっとこを取り出すと、

「鳩之助はどこだ。正直に答えぬとこれで貴様の舌を抜いてやる」

震え上がった雨八は、鴆之助の居場所を白状した。それは意外な場所だった。

「うまいことを考えよったな。悪党にしては上出来だ。ほめてやろう。鴆之助が無事だったら、の話だがな」

仏馬がやっとこをカチリと鳴らすと、

「無事だよ。ほんとだ。大事な金づる、傷つけるもんかい」

「ならばよい。——つまり、この賭場には鴆之助はおらぬのだから、遠慮せずともようなった。皆、存分に働いてくれ。唐牛一家のものども、ことごとく捕縛せよ」

旭日嶽が巨大な金棒を摑んで、

「化け物以外の捕り物は久方ぶりじゃい。できるだけ乱暴に召し捕ってやろうかい」

「殺すでないぞ」

「わかっとりもす」

その横で無辺左門が高らかに鍔鳴りを聞かせた。華彦にはどう見てもそれが刃引きの刀には見えなかった。

雨八は、この異様な連中が北町奉行所の役人だと聞いて愕然としているようだった。山賊と痩せ浪人と相撲取りと女とこどもと遊び人……そうとしか思えない。そんななかで、捕り物出役の格好をした同心がひとりだけおり、そのまともさからその若者がかえって浮いているようではあるが、雨八は彼が、安物の箒をわざわざ返しにきたあの同心だと気づき、

（変なやつばっかりじゃねえか……）

すでに雨八は、逃げようとか助かろうとかいった気持ちを失っていた。かどわかしの罪は重いのだ。

「旭日嶽と逆勢は正面の入り口から、無辺と夜視は裏口から突入せよ。わしと塵太郎はここで控えておる。——金四郎殿はどうする」

「俺ぁ勝手にやらせてもらうぜ」

「あいわかった。——行け！」

皆はそれぞれの持ち場に散った。華彦は心の臓の鼓動がばくばくばくばくばくと耳に聞こえてきて、うるさいほどだった。十手を握りしめ、落ち着こうとしたが、ばくばくはいっそう激しくなる。ばくばくばくばくばくばくばくばく……。

「ええい、うるさい！」

思わず声に出すと、旭日嶽に、

「おのしは阿呆か。静かにせい」

「すみません……」

「行くぞ」

旭日嶽は高々と振り上げた金棒を、

「どすこーい！」

の掛け声とともに打ち下ろし、いきなり入り口の戸をぶち壊した。分厚い木戸が

一瞬にして木っ端微塵となった。旭日嶽は金棒にからまった戸の残骸を蹴飛ばすと、

「北町奉行所じゃ！　唐牛の権太、かどわかしの罪で召し捕る。神妙にしろ……とは言わぬ。せいぜい抗うてたもんせ。その方が張り合いがあるというものじゃ」

「いけねえ、手入れだ。親分……！」

子分のだれかが叫んだが、旭日嶽はその男の足のうえに金棒を叩きつけた。

「ぎゃあああっ！」

男は足を押さえてごろごろと芋虫のように転がった。旭日嶽はわざとその男を踏んづけて奥へと乗り込んでいった。華彦もあとに続く。賭場の襖を開けると、ドスを抜いた唐牛一家の連中がずらりと並んでいる。しかし、皆へっぴり腰だ。ドスを持つ手が震えている。

（なーんだ……こいつらも怖がっているんじゃないか）

華彦は少し安堵した。物の怪相手の捕り物に比べたら、人間相手の捕り物のなんと気楽なことか。

「唐牛の権太はどこじゃ。雨八はすでに召し捕った。もはや逃げられぬぞ」

「しゃらくせえ！」

頭に血がのぼったらしい子分のひとりがドスをかまえ、旭日嶽に向かって突進した。

「よいしょーっ！」

旭日嶽はその男を張り手で軽々と吹っ飛ばした。男は空中を鞠のように飛んで、壁に激突した。壁には男の形の大穴があいた。つづいて旭日嶽は、ふたりの男の襟首を摑んで持ち上げ、額と額をぶつけ合った。ごちん！　という大きな音がして、ふたりの男は伸びてしまった。

裏口の方からも騒然とした叫びや物音が聞こえてきた。左門たちが暴れているのだろう。華彦も次第に興奮が高まってきた。いつもならドスを持った大勢のヤクザをまえにしたら足がすくんでしまうのに、なぜかそうならない。興奮はしているのだが落ち着いている。不思議な気分だった。十手を抜き、

「御用だ！」

と叫びながらまえに出ると、子分たちは逃げ出した。

（私を怖がっている……！）

それははじめての体験だった。

「待てっ。逃がしはせぬぞ！」

華彦は追いかける。旭日嶽が、

「逆勢、あまり深追いせんほうがよいぞ」

そう言ったが、華彦は自分を恐れてヤクザが逃げるのが心地よく、つい建物の奥にまで踏み込んでいった。そんな彼のまえに立ちふさがったものがいた。幽鬼のように痩せた浪人だった。

（しまった……！）

浪人は抜き身の刀を地ずりに構え、華彦に向かってゆっくり近づいてきた。

（斬られる……）

華彦の興奮はたちまち冷め、代わりに後悔の念が押し寄せてきた。いつものように足がガクガクと小刻みに震えはじめた。

「死ねっ！」

浪人の剣は鋭かった。とてもかわせないような速さで華彦の頸動脈《けいどうみゃく》を狙ってきた。華彦は十手でそれをうえから受け止めたが、手がしびれ、十手を落としてしまった。

浪人が般若のような表情でにやりと笑うのが見えた。華彦は刀を抜いた。同心の出役は悪党を召し捕るのが目的なので、刀の刃を引いてある。だから、相手に斬りつけても棒で叩くのと同じである。華彦はその刃引きの刀を正眼に構えた。

浪人はふたたび地ずりに構えた。得意の構えなのだろう。

「ええいっ」

剣の切っ先は華彦の腹に向かって伸びた。華彦はほぼ同時に、その一撃をかわすことなく浪人の顔面目掛けて刀を撃ちおろした。浪人の剣は華彦の帯を切り裂いたが、なかに巻いていた鉄線のおかげで肌に達することはなかった。しかし、華彦の刀は浪人の頭に命中し、浪人はその場に崩れ落ちた。華彦は全身に滝のような汗をかいていた。呼吸も荒い。

（また身体が勝手に動いた。父上の仕込みのおかげだ……）

旭日嶽がやってきて、

「おお、お手柄じゃ。おまえさん、なかなかやるのう。肝っ玉はどんぐりほどに小さいが、腕はあるわい」

ほめられているような気がしない。

「だいたい終わったようじゃ。唐牛の権太も左門が召し捕ったらしいぞ」

旭日嶽と華彦は外に出て、尾田仏馬のところに戻った。左門と夜視もいた。仏馬のまえには唐牛の権太が苦虫を噛み潰したような顔つきでうずくまっていた。槍を持った仏馬が、

「権太よ。雨八も悪人だが、その悪党の上前をはねるとはひどいやつだ。賭場のあがりで満足しておけばよかったのに、金に目がくらんだな。かどわかしの罪は重いぞ。覚悟しておけ」

権太の両肩が震えている。そこに塵太郎が近づき、

「おい、唐牛の権太さん」

いきなりこどもが現れたのでぎょっとしている権太に、

「どうせ死罪になるんだから、懐に呑んでいるドスでこの与力に突っかかって、道連れにしてやろう、と思ってるね」

「ど、どうしてそれを……」

権太は愕然としたあと、

「参った……」

そうつぶやいて懐のドスを投げ出し、両手を突いた。

◇

鳩之助は意外な場所にかくまわれていた。雨八は甲松家の女中さよとねんごろな仲で、さよに鳩之助を預けたのだ。鳩之助は甲松家の屋敷内にある土蔵の二階にいた。

「若さまを悪いやつが狙っているらしいのです。しばらくここに隠れていろ、とお殿さまのお指図です。奥さまもお八重さまもご承知のことで、お食事はさよが運んでまいります」

鳩之助ももともとさよになついていたこともあって、素直に言うことを聞いた。

「灯台下暗しとはこのことだな」

尾田仏馬が茶碗酒を飲みながらそう言った。その夜、本所南割《ほんじょみなみわり》下水《げすい》にある夜鳴き蕎麦の屋台で、尾田組の面々とグツ蔵は事件の解決を祝ってささやかな宴を開いていたのだ。行灯に「うそ屋」という屋号の書かれたその蕎麦屋は尾田組のなじみの店らしく、四十歳ぐらいの親爺が黙々と料理をしている。蕎麦だけでなく、ちょっとした酒の肴も用意されており、酒もふんだんにある。フナの洗いやドジョウ汁も美味い。

　皆は、屋台のまえに並べた床几に座って飲んでいた。華彦は、お手柄だ、まあ飲め、さあ飲め、と酒を注がれたのでかなり酔いが回っていたが、はじめて尾田組の一員になれたような気がしてうれしかったので、差されるがままに飲んだ。夜視がおちょぼ口で酒を啜りながら、

「こどもも無事にお八重さまのところに戻ったし、いきさつを聞いた甲松の殿さまも奥方を咎めるのはやめたらしいし、よかったねえ」

　箒屋の雨八と唐牛の権太は死罪を免れぬようだが、唐牛一家の子分たちや用心棒などにもそれぞれの罪状に合わせて入牢や遠島などの裁きが下された。

「それにしても尾田さま、どうして鳩之助がいなくなったのがかどわかしだとわかったんですか」

　華彦がきくと、

「皿だ」

「は？」

「割れた皿がおまえに投げつけられただろう」

「あ、はい。あれは河童の……」

「仕業のわけがなかろう。柴福の主や番頭は鳩之助のかどわかしを奉行所には内密

にしようとしていたが、柴福の小僧たちはこどもの命が心配でたまらず、奉行所の同心であるおまえが来たのをさいわいに思い切って謎をかけたのだ」

「謎？　割れた皿が謎ですか？」

「そうだ。直に言っては番頭たちにばれるが、謎かけならばわかるものならピンと来るにちがいない、と思うたのだろうな。割れた皿……つまり『皿割れた』ということが、だ。ところがおまえはピンとこなかった」

一同は笑った。華彦は酒をあおり、

「小僧たちはさぞがっかりしたでしょうね。ああ、どうせ私は謎も解けないぼんくらですよ」

「どうしておまえが間違えたかわかるか」

「ぼんくらだからでしょう」

「すねるな。そうではない。ススキのババ殿が申しておっただろう。思い込みがひとを間違わせる、とな。おまえは河童のことばかり考えておったゆえ、皿を見てもすぐに河童の頭の皿を思い浮かべてしまった。それが思い込みというやつだ」

「はあ……それじゃああの池で私が見たものは……」

「まだわからぬのか。池を浚っていた小僧が落っこちて泥だらけになっていたのだろうよ。おまえは『こどもの形をしたなにか』と申していたが、こどもの形をしているならこどもだと思うのが当たり前ではないか。心の目で見ればわかったはずだ」

「金さんと番頭はまちがいなく『河童』とか『キュウリ』って言ってたんですが……」

「そいつも思い込みだ。葦がざわざわ鳴っててよく聞こえなかったのだろう？　たぶん金さんは『河童池』で鳩之助がいなくなったときに箒売りがいたらしい、というような話をしていたのだろう。おまえには『ホウキウリ』の後ろ半分の『キウリ』だけ聞こえたのだが、それをおまえは『キュウリ』と思い込んだのだ」

華彦はため息をついた。

「思い込みは怖いということがわかったか」

「はい……よくわかりました。これからは気を付けます」

「それでよい。まあ飲め」

そのとき、親爺が華彦たちの床几に、こんにゃくの細切りを煮つけた鉢をどすんと置いた。

「ああ、美味そうだ」

華彦がさっそく箸を伸ばそうとすると、左門が言った。

「おめえには親爺が見えるのか」

「は？　なんのことですか？」

「本所七不思議に『灯無蕎麦《あかりなしそば》』てえのがあるだろ。寒い夜に夜鳴き蕎麦の行灯が見えたから近寄ってみたけど、店主がいねえ。ありゃあ実ぁこの屋台のことなんだ。

――グツ蔵、おめえには親爺は見えてるか」

「いいえ、あたくしにゃ蕎麦や料理がひとりでにできあがって、宙を飛んで運ばれていくようにしか見えません。もう慣れましたけどね」

親爺は顔を上げてニタッと華彦に笑いかけた。華彦はぞーっとした。左門は、

「この親爺は徳ってえ名前だが『もの視』にしか姿が見えねえ。つまり、物の怪なんだ。正体は川獺《かわうそ》さ」

「へへへ……普段は客にものは食わせねえんですが、尾田組の皆さんが来たときだけ、こうして蕎麦と酒肴をふるまうんでさあ」

華彦は歯の根が合わなくなり、尾田仏馬に、

「めめめめ召し捕らなくていいんですか」

「こやつは近頃江戸に増えている山出しの物の怪とちがい、客をからかうだけで悪さはせぬ。昔から江戸市中に棲んでいて、わしらとも馴染みなのだ」

急に酒がまずくなった。この酒や料理はなんと川獺の化けものの手によるものだったのだ。川獺の徳は尖った歯を剝いて、

「てえことでこれからもよろしくお願えしやす、新入りさん。フナの洗い、美味いでしょう。あっしがついさっき、川んなかで捕めえたやつですからね」

「そ、そうか。それはよかった……」

華彦はなるべく親爺の顔を見ないよう身体の向きを変え、尾田仏馬にたずねた。

「どうして近頃になって急に山出しの物の怪が江戸に増えだしたんです？」

「うむ……おまえも組になじんできたようだし、そろそろおまえにも教えてよかろう。そういった物の怪のほとんどはたやすく祓える雑魚どもだが、なかには此度の裏目坊のように騒動を引き起こす力のあるものも交じっており、諸人が迷惑する。物の怪をひとつずつ祓っていてもきりがないゆえ、そもそもの根を絶たねばならぬのだ」

「そもそもの根、とは？」

仏馬は茶碗酒を飲み干すと、

「山のなかで暮らしていた物の怪どもを江戸に呼び寄せているやつがいる。言わば物の怪の親玉、妖怪の元締めだな」

「なんのためにそんなことを……」

「それはまだわからぬが、なにかの目論見を果たすためだろう」

「へー、悪いやつですね。いったいどこのだれです？」

仏馬は華彦の顔を見つめ、ゆっくりと言った。

「聞いて驚くな」

「私ももうたいがいのことじゃ驚きません。なにしろ蕎麦屋の親爺が川獺ですから」

「ならば申す。――南町奉行鳥居甲斐守《とりいかいのかみ》だ」

華彦は驚いて、ぱたりと茶碗を落とした。

怪談・人形遣い

ええ、林屋グツ蔵の方でしばらくのあいだおつきあいを願います。

ここんとこいろいろあって、寄席小屋がどんどん潰されてめえりやして、ほんとならこの江戸にある寄席が全部なくなっちまってもおかしくなかったらしいんでやんすが、例の遠山左衛門尉の金さんが身を張って守ってくれたおかげで、なんとかこうして皆さんのまえでおしゃべりできる幸せをかみしめておりやす。まあ、皆さんは女義太夫《たれぎだ》をお好みなのかもしれませんが、女義太夫をかけていた寄席はほとんど潰されてしまいましたから、あたくしみてえな色気のねえ素噺で、ほんと申し訳ねえ次第でございます。

てなわけで、本日はうちの師匠、林家ゲタ蔵が珍しく楽屋に参っておりまして、せっかくでございますのでゲタ蔵の思い出話などを手前グツ蔵が聞き役として掘り出してみようかと存じますが、いかがでございましょうか。

ありがとうございます。では、ゲタ蔵師匠、よろしくお願い申し上げます。

師匠は近頃、めっきり寄席の方にはお出にならねえんですが、もう噺はやめちまったんですかねえ。

「そういうわけじゃねえんだが、どうも近頃のお客さんは滑稽噺がお好みのようで、俺がやるような怪談噺や芝居噺は合わねえんじゃねえかと思ってさ」

たしかにあたくしも、怪談噺はよほどのときでないとやりませんね。どうしても場が陰気になりますから。けど、師匠の怪談、聞きたいってひとも大勢いると思うんですが……。

「まあ、たいがいのネタはおめえにつけたから、あとはおめえががんばる番だ」

ありがとうございます。でも、師匠も昔はいろんなことを試したって聞きましたけど。

「そうさなあ、客の目をこっちに向けるためならどんなことでもやったもんだ。噺の途中に三味線を入れてみたり、面をつけて高座へ上がったり、人形を抱えて、一人二役ってえのかい、そんなことをしてみたり……」

へえ……初耳です。あたくしが古い師匠方にお聞きしたところじゃ、師匠は以前は怖い噺はやらなかったとか。

「ああ、ああいうのは嫌いだった。この世に物の怪だの化けもんだの幽霊だのってえものはいるはずがねえ、と思ってたから、怪談なんて馬鹿馬鹿しくってね」

それがまたどうして手掛けるようになったんで？

「俺の師匠の林家正蔵がそっちの方の大家《たいか》ってこともあるが、まあ、あるとき、世の中には不思議なこと、理屈じゃ割り切れねえこともあるもんだ、てえ目にあったのさ。それがきっかけになって、ちょいちょい怪談噺をやるようになったんだ」

へえ……そりゃまたどんなことで？

「聞きてえか」

へえ、もちろん。――お客さん、いかがですか？　ほら、師匠、皆さんお聞きしたいそうです。

「そうかい。なら、思い出しながらしゃべってみようかね」

俺が三十になるかならねえかって時分、地方《どさ》廻りの話が来てね、桂デレ吉師匠の一座で、ほかには講釈師だの祭文語りだの手妻だの五人ほどいたっけ。武蔵や上野の温泉場なんぞをこまめに打ってまわってね、ところがこれがさんざんの入りで、とうとう鴻巣《こうのす》の田舎で身動きがとれなくなっちまった。仕事もねえし、金もねえ。どうにもならねえってわけで、一座は解散てえことになった。デレ吉師匠たちは、高利で金を借りて、その金で江戸に戻るというんだが、

「ゲタ蔵、おめえはまだ若え。一座なら動きにくいが、ひとりなら身軽だ。ここから北の方には大きな村もずいぶんあるみてえだし、仕事も入るだろう。このまま旅を続けちゃどうだね」

てなことをおっしゃるもんで、俺も自分の腕を試してみてえ、って気持ちもあって、そこからひとりで廻る気になったのさ。木こり小屋や木賃宿でもネタぁ演って小遣い銭をもらったり、金はくれねえが薪代をただにしてもらったこともあった。ただし、落語だけじゃ無理だ。その土地その土地のお好みに合わせて、講釈でもチョ

ンガレでも踊りでも謎かけでもなんでもやった。ときには説法とでたらめのお経をあげたりもした。どこかの村に着くと、まず庄屋の屋敷に行って、噺をさせてくれ、と頼み込む。運よく承知してくれたら、村の衆を集めてその晩の食いっぱぐれと宿の心配はないが、たいがいの田舎じゃそもそも落語なんて聞いたこともねえんだよ。怪しいやつと思われて追い出されるのもしょっちゅうだ。そういうときは野宿するしかねえ。知らない山のなかで寒さに震えながら狼の声を聞く、なんて風流なこともあったぜ。

そんなひとり旅を半年も続けてたかなあ。向こう先も見えねえほど霧の深い山道を歩き詰めに歩いて、もう足が一歩もまえに出なくなったころ、不意に霧が晴れて、そこに小さな村があった。といっても、十五軒ほどの農家が山のふもとにごちゃっとひと塊になったような小さな村だ。こんなところじゃとうてい落語なんてさせてもらえそうにねえなあ、と半ばあきらめながら、せめて一宿一飯の恩義にあずかりてえ、と俺ぁ庄屋のうちを訪ねた。

ところが間の悪いことに、庄屋のひとり娘が病気で取り込みの最中だから、一席はおろか泊めてやることもできねえ、とこう言いやがる。本心は、余所者を村に入れたくねえ、てえことだったのかもしれねえが、なにしろこっちも足が棒だ。ここでまた野宿は勘弁してほしい。必死で頼み込むと、庄屋の母親ってえ八十歳ぐらいの婆さんが、

ら、

「あんたの宗旨はなんだえ」

と言う。俺ぁその部屋の奥に仏壇があって、法華だてえことをちらと見ていたか
「親代々の法華でございます」

と言うと、

「同じ日蓮上人さまを信仰しているお方を追い出したら罰が当たる。法華に悪いひとはいないよ。泊めてやったらどうだね」

と口添えしてくれた。それでまんまと一泊させてもらえることになったんだが、どういうわけか俺ぁその隠居に気に入られてね、なんだかんだあって、結局、落語もやらせてもらえることになったんだ。ありがてえ話でね、ひとりで旅してるてえと、江戸にいるよりもひとの情けが身に染みるってやつだ。一生懸命高座を務めようと気合いを入れてると、庄屋は俺に、

「私は村の衆に今夜落し噺の会があるからうちに集まるように、と触れてくるから、ゆっくり待っていてくれ。ただし、奥の部屋は娘が寝ているから決して入っちゃあならないよ」

何度もそう釘を刺してから出かけていった。あまりにしつこく念押しするんで、どうにも気になったけど、病人がいるんだからしかたあるめえ、と思って隠居相手に茶を飲んでると、その婆さんが言うには、その村は人形作りが盛んで、十五軒あ

る家のほとんどは百姓をしながら人形も作っているそうな。それも、人間そっくりの細かな細工が自慢で、ぱっと見ただけじゃ人形か人間か区別がつかないほどだとか。

「精魂込めて作った人形には魂が宿ってな、動いたり、しゃべったりするもんじゃ」

「あははは……ご隠居さん、そんな馬鹿なことはあるめえ。そいつはたぶん、からくり仕掛けにでもなってるんでしょう」

「そうではない。職人の思いが入った人形はひとりでに動くのじゃ」

「へええ、そんなもんですかね」

木で拵えたものが動いたりしゃべったりするはずがない、とは思ったが、逆らったらせっかくの仕事をふいにしてしまうと思った俺は黙っていた。そのうちに婆さんは居眠りをはじめたので、俺は退屈になってきた。

（そうだ……）

俺はよからぬ心を起こした。奥の部屋とやらをのぞいてやろうと思ったんだ。あんなに隠すなんて、よほどの別嬪にちげえねえ。ちらと見るぐらいならかまうめえ。俺は、隠居を起こさぬようこっそりとその部屋を出た。そして、足早に奥の部屋に向かった。

襖をそうっと開けると、部屋の真ん中に布団が敷いてあって、だれかが寝ている。俺は目を凝らした。たしかに若い娘のようだ。顔を見てえが、それ以上踏み込むと気づかれる恐れがある。俺はあきらめて隠居のいる部屋に戻った。

「どこへ行っておられた」

「ああ、ちょいと小便がしたくなったんで厠を探してました」

「――なにも見やせんかったろうな」

「へ？　なんのことです」

俺はすっとぼけた。

その夜、村の連中がひとり残らず俺の高座を聞きにきてくれた。部屋の奥に座布団を敷き、その両側に蠟燭《ろうそく》を立てただけなので、暗くて客の顔がよく見えないが、たぶん四十人ぐらいはいただろう。俺は熱演した。けっこういい出来だったんじゃねえかと思う。でも……どういうわけかだれもくすりとも笑わねえ。

（はまらなかったか……？）

たまにそういうことがある。落語の出来不出来とは関係なく、客にネタがはまらねえとウケねえ。俺は焦った。金をいただくんだから、爆笑とまではいかなくても、ははは……ぐらいの笑い声は欲しい。それは、芸人としての誇りの問題だ。だが、俺が必死になればなるほど客席は重く沈んでいき、しまいには凍り付いたようになった。二席目、三席目も同じだ。俺はなんとかその雰囲気をひっくり返そうとしたが、無理だった。あきらめた俺は、最後のネタを演り終えると、そのまま頭を下げて、席を立った。どっと疲れが襲ってきた。

俺が部屋を出ようとしたとき、月明かりが庭の方から差し込み、客席を照らした。俺の足が止まった。汗が身体中から噴き出した。

客席にいたのは、全員、人形だったのだ。人間と同じ大きさに作られ、きちんと着物も着せられており、床に正座しているが、その顔は明らかにこしらえものだった。

（どういうことだ……）

俺は最前列に座った連中の顔をひとつひとつ見ていった。どれもこれも、悲しいような、呆けたような、苦笑いしているような顔つきで虚空を見つめている。

（ははは……ははは……人形なら笑うわけがねえ……）

俺はがっくりと肩を落としてその場を離れた。庄屋がなんのつもりでそんなことをやったのかがわからなかった。俺をからかうためか？　それとも人形作りの技を自慢するためか？　まさか、村人が皆忙しくて客が集まらなかったので、俺をごまかすために……いや、それはないだろう……。

部屋に戻ると、隠居がにこにこして待っていた。

「いやあ、よかった。あんたはなかなか上手じゃな。久しぶりにええものを見せてもろうた。村の衆も皆、大喜びして帰っていったわい」

俺は舌打ちして、

「隠居さん、俺にはちゃんとわかってるんだぜ。客はみんな人形だったじゃねえか。

俺ぁ聞く耳持たねえ連中のまえで大汗かいて三席も演ったんだ。馬鹿馬鹿しくって泣けてくらあ」

「なにをわけのわからぬことを言うておる。聞く耳持たぬと言うたが、たしかにわしらは田舎もので江戸前の芸はわからぬかもしれぬ。でも、皆があれほど大笑いしておったのじゃから、おまえさんもそんな言い方をせずともよかろう」

「なんだと？　大笑いどころか、蚊が鳴いたほどの声も聞こえなかったぜ。そりゃそうさなあ、木でできた口じゃあ笑えねえ」

隠居は憤然として、

「もうよいわい。一緒に夕飯でもと思うたが、ひとりで飲み食いせい。酒と肴はあとで届けさせる」

そう言うと、部屋を出ていった。

（俺が悪いのか……？）

俺はじっと考え込んだが、やっぱりわけがわからない。しばらくすると、女中が酒と肴を運んできた。酒はどぶろくだったが一升ほどはあったし、肴は大根と豆腐の煮物だったが上手く煮付けてあったので文句はない。ありがたくちょうだいしているうちにだんだん酔ってきた俺は、ふと病気の娘の顔を見たくなった。ふらりと立ち上がり、暗い廊下を音を立てずに歩く。

（たしかこの部屋だった……）

と思ってとある部屋のまえに立ち止まると、なかから声が聞こえてきた。

「……というわけじゃ。おめえも病が治ったら、見目のええ婿をもろうてやるぞ。だから早う病を治せ。なあに、医者の先生は、あとは日にち薬じゃ、ちょっとずつようなっていく、と言うとった。おめえも気長に養生することじゃ。時間だけはいくらでもあるからのう……」

するると、

「お父っつぁん、私の身体のことは私が一番よくわかっています。私は決して長くはありません。この流行り病には薬は効かぬと聞いております。あとは後生を祈るばかりです」

その声を聞いて俺ぁぞっとした。というのは、それが女の声じゃねえ、庄屋が声色を使って出したもんだてえことがすぐにわかったからだ。

「なにを言うんだ、お絹。医者の言うことを信じねえならなにを信じるってえんだ。心配いらねえ、おめえは治るよ」

「お父っつぁん、私は知ってるの。この村にお医者なんていないってことを……」

「医者はいる。隣村から連れて来たんだ」

「隣村にもお医者なんていないわ。流行り病でみんな死んだのよ」

「医者はいなくても、わしがおめえを治してみせる」

「お父っつぁん、私のことはもう治さなくていいの。私ももう死んでるんだから……」

「おめえが死んでるだと？　お絹、おめえはここにいるじゃないか」

「よく見て、お父っつぁん、私は……お絹じゃない。ただの人形よ」

「嘘こけ。おめえが人形であるものか。おめえはこうしてしゃべっているじゃないか」

「お父っつぁんがひとりでふたり分しゃべっているだけよ。私は流行り病でとうに死んでるの。私だけじゃない。この村のひとはひとり残らず死んでしまったのよ。どうしてそれが認められないの？」

「ひとり残らずっておめえ……」

「そうよ。お父っつぁんも死んでる。お祖母さまも死んだ。だれひとり生きているものはいない。人形がひとの振りをしているだけ。この村で生きているのは……この話を立ち聞きしているあの旅のひとだけ」

　俺ぁ、息が止まるかと思った。けど、思い切ってその部屋の襖を開いてみた。そこにいたのは、庄屋の娘と庄屋……ではなかった。二体の人形だった。たしかに庄屋の人形は昼間見た庄屋と同じ着物を着ていた。そして、布団に寝ている娘の人形に話しかけるような仕草をしていた。俺は怖くなってその部屋から逃げ出した。音を立てるのもかまわず廊下を走り、でたらめにどこかの部屋を開けた。そこには火鉢があり、そのまえに座っていたのはあの隠居の着物を着た人形だった。

（どうなってるんだ……！）

俺は庄屋の屋敷を端から端まで走り回ったが、生きているものはひとりもいなかった。いるのは人形ばかりだ。そのくせ、火鉢には火が熾きていて、行灯には灯りがともり、七輪のやかんは湯気を出している。

俺は外へ飛び出した。どこをどう走ったかわからねえが、気が付いたら山のなかで倒れているところを猟師に助けられていた。その猟師は山をひとつ越えたところにある村のもので、そいつの言うには、俺がいた村は昔、人形の里として知られていたが、ある年、流行り病に襲われて、村人は全員死んだらしい。だが、最後に残った庄屋が、人形に自分たちの着物を着せて、生きているときと同じような格好でそれぞれの家に置いたんだそうだ。そして、庄屋も死んだんだが、人形に「気」が残って、ときどき迷い込んだ旅人を化かすらしい。

でも、俺ぁいまだにあれが本当にあったことなのか夢だったのかわからずにいる。もしかすると、村中で俺をかついだのかもしれねえ。今頃、馬鹿な噺家がいて、あのときは面白かったなあ……って大笑いしているのかもしれねえが……あれ以来だな、俺が怪談噺を手掛けるようになったのは。この世には俺たちにゃ見えないものがいて、俺たちのことをじっと見ているのかもしれねえ……向こう側からさ、そんなことを思うようになったってわけだ……。

◇

師匠……師匠、どうしたんです、急に黙っちまって……。

え……？

これ……師匠じゃねえ。あたくしが腹話術をやるときの人形じゃねえか。

どういうこった。あたくしはこの人形を持って、ずっとひとりでしゃべってたってことかい？

いや……今、師匠に聞いた旅先の出来事はあたくしゃ聞くのははじめてだったし……。

でも、それじゃ師匠はどこにいるんだ。

待てよ……。

あたくしの師匠は、もう何年もまえに死んだんだっけ……。

だよな……たしか葬式にも行ったし……。

じゃあ、さっきの人形の村の噺はなんだったんだ……。

お客さん、あたくしはなにをしゃべっていたんでしょう……。

お客さん……お客さん……。

あれ？　客じゃねえや。

客席にいるのはみんな……人形だ。
あたくしはずっと人形に向かってしゃべっていた、てえことかい？

おあとがよろしいようで。

第二話　ネズミの王

「南町の鳥居さまが妖怪の元締め……？　そんな馬鹿な……」

華彦は耳を疑った。たしかに鳥居耀蔵《ようぞう》の評判は江戸市民のあいだでは最悪に近いほど悪い。老中水野忠邦の先棒を担いで厳しい取り締まりを行い、庶民の娯楽をことごとく潰そうとした。

「町人などというものは無駄遣いをせず、真面目に働いておればそれでよい。寄席や芝居などで散財するのは害でしかない」

と主張し、すべての寄席と芝居小屋を失くそうとした。そんな動きに待ったをかけたのが北町奉行遠山金四郎である。金四郎は、寄席や芝居小屋を全廃してしまうと貧しいものたちの愉しみがなくなって労働意欲が失せ、芸人も路頭に迷うと主張した。しかし、結局は水野と鳥居によってほとんどの寄席は潰され、芝居小屋も場所を移されてしまった。

「とんでもねえ話でやんすよ。たかが寄席と思うかもしれませんが、あたくしたち噺家にとっちゃ生きるか死ぬかのおおごとだ。稼ぎ場がなくなっちまったら干上がるしかねえ」

グツ蔵は憤慨してそう言った。

「あいつにゃあなんにもわかってねえんです。たまのお愉しみがあってこそ、みんな一生懸命働くんだ。どうせ銭はねえ。安いお愉しみを失くされちゃだれも働かなくなりますぜ」

グツ蔵と同じく、江戸っ子の大半は遠山景元をひいきし、鳥居耀蔵を忌み嫌っていた。

鳥居耀蔵は、前任者である矢部定謙《やべさだのり》を謀略によって失脚させ、南町奉行の地位を手に入れた。矢部定兼は憤激のあまり食を絶って死んだという。ほかにも同様の手口で多くの政敵、学者らを失脚に追い込み、江戸はおろか日本中が暗鬱な空気に包まれることとなった。皆は鳥居のことを、耀蔵の「耀」と甲斐守の「甲斐」をとって「耀甲斐」すなわち「妖怪」と呼んだ。

「でも、それはただの仇名で……まさか鳥居さまがまことの妖怪の元締めとは……」

「そのまさかよ」

尾田仏馬の顔は笑っていなかった。

「鳥居がなにゆえ江戸の町に物の怪を引き入れているのか、それはわしらにもわからぬ。なれど、彼奴《きやつ》が南町奉行になってから急に変異の数が増えたこと、深夜、南町奉行所の裏門から百鬼夜行の行列が入っていくのを見たものがいること、鳥居が蘭学者を弾圧する際に陰陽道による呪詛を行ったらしいことなど……いろいろ考え合わせるとあの男が黒幕らしいのだ」

仏馬は南町奉行のことを呼び捨てにした。それも華彦には驚きだった。

「このことについてはたしかな証があるわけではない。われらが組の外では決して口外してはならぬぞ」

「心得ました」

当たり前だ。そんなことをよそで口走ったらたちまち頭がおかしいと思われるだろう。

「われらのやっている仕事……いずれ鳥居と対決せねばならぬことは間違いないが、それまで一歩ずつ地固めをしていくのだ。――よいな」

「ははっ」

「わかったら、まあ飲め」

注がれるがままに酒を飲み、川獺の徳が出した醤油をかけただけの豆を箸でつまみながら、

（これはえらいことになってきたぞ……）

華彦は内心そう思っていた。老中水野の威光を後ろ盾に今この国でもっとも恐れられている男と彼が対決する……そんな日が本当に来るのだろうか。

（怖い……怖すぎる……）

心の震えを抑えるため、華彦はがぶがぶと酒をあおった。

◇

案の定、翌朝は二日酔いだった。晴れ渡った空と対照的にどんよりした気分の華彦は、重い胃の腑をなだめながらうがいをして顔を洗い、塩をつけたふさ楊枝《ようじ》で歯を磨いた。だが、楊枝を口に突っ込むだけで吐きそうになったのですぐにやめた。

「おはようございます、旦那さま」

先代から召し使っている小者の空助がやってきた。彼にとって、家督を継いだ華彦が「旦那さま」であり、奥で病臥している先代太三郎は「ご隠居さま」である。

「さあ、参りましょうか」

「どこへだ」

「決まってましょう。茸屋町のむかで湯です」

八丁堀の与力、同心は出勤まえにかならず湯屋に行って身を清め、髭と月代を剃るのが日課だった。

「いや……今朝はよそう……」

「酒臭いにもほどがありますね。昨夜はよほどお飲みになったようで……」

「ああ、酒の話はするな。頭が痛い。吐き気がする。目がしょぼつく。口が乾く……」

「ははは……ひどいざまだね。わかりました、今、泥鰌庵先生を呼んでまいります。二日酔いに効く薬を処方してもらいましょう」

「そうしてくれ……頼む……」

なんだかんだ言っても空助は親切だ。しばらくすると粉薬一包と白湯を持ってきてくれた。それを飲むと、少し落ち着いた。

「朝飯、召しあがりますか」

「食う」

気分は悪かったが、なにか腹に入れないとよけいに治りが遅い。華彦はのろのろと箸を動かした。しかし、食べ出すと多少食欲も湧き、華彦は熱い豆腐の味噌汁で飯を二杯食べた。

「行ってまいります」

病床の父親の枕元に両手をつかえる。

「うむ……尾田殿によろしゅうお伝えしてくれ」

「ははっ」

父親には、尾田組の内情について一切話はしていない。しかも今朝、華彦は奉行所には行かぬ。当然のように御用箱を担いでついていこうとした空助に、

「今日は供はいらぬ。ひとりで行くゆえ、家にいてくれ」

「えっ？　どちらかへご直行されるのならそちらに参りますけど……」

「いや、よいのだ。ひとりで行け、と尾田さまにも言われている」

「じゃあ、お奉行所の小者の控え場所で待っております」

「いいってば。いつ奉行所に戻れるかわからんのだ」

「でも、弁当はどうなさるので？　まさか、旦那さまが手に提げていくわけにはいきますまい」

「そりゃそうだが……どこかで蕎麦でもたぐるよ」

そう言うと、華彦はひとりで屋敷を出た。北風が二日酔いの頬を冷ましていく。

（今日の行き先は、空助を連れていくわけにはいかない……）

そう、華彦はしばらくのあいだ下谷黒鍬町の貧乏長屋に住むススキのおババのところに通うことになったのだ。「祓い」の技を少しでも学ぶためである。尾田組においては、無辺左門がその事件がまことに物の怪の仕業かどうかを検見する変異改役を、旭日嶽宗右衛門がその物の怪を適切に処置するあやかし吟味役をそれぞれ務めているが、尾田仏馬は華彦にどちらの役割が向いているかを判じるために、まずは「祓い」の適性を見ることにしたらしい。

途中の菓子屋で羊羹をひと竿、酒屋で安い酒を三升買い求めた華彦が表通りから裏通りへ折れたとき、妙な男がやってくるのに出会った。ネズミ色の頭巾にネズミ色の着物、ネズミ色の前掛けを締めた若い男で、尺八のように長細い笛を吹きながら、踊るように歩いている。笛の音はキンキンと甲高く、その旋律は耳に残る。

ネズミに米をかじられた
ネズミにネギをかじられた
ネズミに赤子をかじられた
押し入れ開けりゃネズミ千匹
たちまちあふれる厄介者
ネズミを家から追い出したい
そんなお方にご朗報
笛吹き男にお任せを

そんな歌を歌いながら、裏通りを練り歩いている。背負った笈から立つ幟にはネズミの顔の戯画とともに「日本一　鼠害退散　笛吹き男　無《む》鼠中斎《ねずみちゅうさい》」と大書されていた。

(鼠害退散……?　どういうことだ)

疑問に思った華彦は男に声をかけた。

「おい、ネズミ男」

男は立ち止まり、

「旦那、ネズミ男はひでえね。ネズミ男じゃなくて笛吹き男ですよ」

「どっちでもかまわん。なにをしているんだ」

「へえ、近頃、どういうわけか江戸の町なかにネズミが急に増えましてね、困ってるお宅がいっぱいあるんですよ。米屋は米をかじられ、道具屋は茶道具や掛け軸をかじられ、質屋は預かった着物をかじられ、お武家さまは鎧や兜をかじられ、人形屋はひな人形や五月人形をかじられ、お寺は経典をかじられる。それだけじゃねえ。お医者の先生に言わせると、ネズミは悪い病をうつすらしい。あっしはそういう皆さんを助けてまわっているネズミ退治の玄人、てえわけで」

「はあ……どんな風にやるんだ？」

「この笛でさあ。これはチャルメラとか唐人笛っていう珍しいもんで、あっしがネズミに困ってる家に入ってこの笛を吹くと、あーら不思議、あっしの後ろにネズミがぞろぞろくっついてくる。あっしはそいつらを従えたまま家を出て、川に入ると、ネズミは溺れ死ぬ……てえ寸法で」

　華彦は俄然興味を持った。

「よし、ここでやってみせろ」

「えっ……？　いや、その……往来で吹いてもネズミはおりやせんから……」

「ドブネズミならいるはずだ。そいつらが集まってくるだろう。おまえの笛がまっとうなものかでたらめか、私が吟味してやるから吹いてみせろ」

「ええーっ、えーと……銭を払ってくれるんですか」

「なんだと？　御用の筋で聞くんだ。タダに決まってる」

「お断りします。これでも忙しいんでね……。じゃあまた。ネズミ退治のご用命があれば、神田白壁町《しろかべちょう》の笛吹き男までお願えします」

「ちっ、ケチなやつだ」

「どっちがケチだか……」

男は華彦に背を向けると、

天井からはネズミ千匹
チューチューうるさい嫌われ者
同居を許した覚えはない
そんなお方にご朗報
笛吹き男が役に立つ

ふたたび歌いながら向こうへ行ってしまった。

(面白そうだったのにな……)

男を見送った華彦は、酒樽を抱えなおすと長屋の木戸をくぐる。

華彦にとって、この長屋に来るのは勇気のいることだった。「家」と呼ぶのもはばかられるようなボロボロの長屋ばかりが続き、住んでいるのも食い詰めたような連中ばかりだ。雨が降ると一面が川になってしまうほどの低地で、家財道具はどれも泥だらけである。

そんなところだから、お上に対する反感も相当なもので、同心や目明しが入り込もうとしても、見つかったら最後たいへんな目に遭わされる。しかし、華彦はおどおどしながらも真っ直ぐに進む。

「おい、そこのサンピン」

朝から酔っぱらっている男がふたり、からんできた。ふたりともふんどし以外はほぼ裸で、背中や腕には剛毛が生えている。熊みたいだな、と華彦は思った。

「ここをどこだと思ってるんだ。てめえらの来るような場所じゃねえ。俺が一声かけりゃ仲間が出てきててめえを半殺しにするぜ。それが嫌なら、懐の有り金置いてとっとと出ていきやがれ！」

華彦は半分逃げ出しかけたが、

「駕籠かきの善さんと悪さんだね。私の顔を忘れたかい」

酔っぱらった駕籠かきたちは酔眼を細め、

「うわっ、これはこれは……尾田の旦那んとこの、たしか逆勢の旦那じゃありやせんか。こないだはまたゴチになっちまいまして……」

「今日も酒、持ってきたよ。ふたりに預けるからあとでみんなで分けて飲んでくれ」

「こいつぁありがてえ。飲み足りねえなあ、と思ってたところなんで……。おい、悪、てめえがいきなり声かけるからいけねえんだ。おなじみの旦那じゃねえか」

「うっかりしたんだ。旦那、すみません」

「いいんだ、いいんだ。――近頃、景気はどうだ？」

「話になりゃしねえ。水野の贅沢取り締まりのおかげで駕籠に乗ろうってもんがいなくなっちまった。損料も払えねえから、毎日芋の尻尾かじってますぜ」

善さんが言うと、悪さんが、

「けど、遠山さまはこのまえこの長屋に来て、今は一番苦しいときだ、いずれわしがなんとかするから辛抱してくれ、ただ、心まで貧乏はするな、とおっしゃってくだすった。遠山さまだけが俺たちのことを人間扱いしてくれるんでさあ」

華彦には返す言葉が見つからなかった。

善さん悪さんと別れた華彦は突き当たりの家のまえに立ち、

「おババ殿、先日いろいろお世話になった北町奉行所同心、逆勢華彦です。ご在宅でしょうか」

するとなかから、

「逆勢さま、お待ち申し上げておりました」

そう言いながら現れたのは、巫女の紫だった。歳は十五、六だろうがスミレの花のように清楚で可憐である。家に入ったが、おババの姿はない。

「おババ殿は他出中ですか？」

期待を込めてきいた。

（もしかすると今日は紫さんが手取り足取り教えてくれるのかも……）

しかし、紫が答えるより早く、

「わしはここにおるぞ」

おババは表から入ってきた。

「あ、おられたのですか。へへへ……」

「なにがへへへじゃ。小便に行っておっただけじゃ。――若造、えろう残念そうな顔をしておるな」

「と、とんでもない。はい、こちらおみやげでございます」

「おお、すまぬの」

受け取ったおババは、

「甘々屋《あまあまや》の羊羹か。上物じゃ。さっそくいただこう。――紫、濃い茶を……」

「こちらにございます」

紫は間髪を容れず、茶を差し出した。おババは鉋《かんな》ほどもある太い羊羹の包み紙を剝くと、両手でつかみ、切りもせずにいきなりがぶりと食いついた。

「えっ……！」

驚く華彦を尻目におババは一気呵成《かせい》にその羊羹を食べつくしてしまった。親指をなめながら茶を啜っているおババに華彦は、

「あいかわらずすごいですねえ。羊羹を切らずに食べるなんて……まるで虎が獲物を食らっているみたいでした」

「そうほめずともよい」

「ほめてるかなあ……」

「では、ただいまから祓いの修行に入るぞ」

「ははっ」

　華彦はおババに向かって正座して深々と頭を下げ、

「本日よりススキのおババ殿のもとに入門させていただきまする。未熟不鍛錬なる若輩ではありますがなにとぞ厳しいご指導ご鞭撻《べんたつ》を……」

「なにをしておるのじゃ」

　そう言っておババは華彦の鼻をススキの穂先でこちょこちょと撫でた。

「なにをって……師弟の礼を……」

「そんなことはどうでもよい。世間の神主がやっておる見掛け倒しの祓いたまえの儀ならばいざしらず、まことの祓い……鬼やあやかしを祓うには生まれ持った才がいる。それなくばいくら修行を重ねても大成はせぬ。おのしにその才があるかないかを見極め、もしなにもない空っぽの男ならばただちに蹴飛ばして奉行所へ追い返してくれ、と尾田仏馬は申しておった」

「はあ……」

「まずは、わしが呪を唱えるゆえ、それを繰り返して覚えるのじゃ。よいな」

「は、はい……」

おババはススキを榊代わりに真っ直ぐに持つと、

「ンカーイ・オンンダラチグリ・アーラマン・ゲシオニヤブハナ……言うてみよ」

「えっ？　えっ？　今のをですか？　もう一度言ってください」

「たわけ！　しかと聞いておれ。三度は申さぬぞ。ンガーイ・ルンンダラチブリ・アーリアン・ギジロニヤバナナ……」

「さっきのとちょっと違っているような気も……」

「よいのじゃ！　多少違うておっても、腹で唱えればそれで可となる！　つべこべ言うておらずに唱えてみよ」

「えー……ンガーイ・ルルルンバラシルビ・ナーリヤン・ギジロニヤナバナ……」

「もっと気合いを込めて唱えよ！　そんな蚤《のみ》が鳴いておるような声で物の怪が祓えるか！」

「蚤は鳴きますかね」

「知るか！　さあもう一度じゃ！」

「ンガーイ・ルルレレンバラシナビ・マーリヤン・ギジロニヤナベナ……」

「まだまだじゃ、もっともっと気合いを入れい。おのしのまえに化けものが現れたらどうする？」

「逃げます」

「馬鹿もの！　死ぬつもりで気合いを呪に込めて、そやつを祓うのじゃ。気合いじゃ、気合いじゃ、気合いじゃ！」

「ンガーイ・ルルルランシビリ・アーリヤン・ゲジラニヤベヤナ……」

こんなことが二刻ほども続き、華彦はへとへとになった。喉もガラガラになり、

「ずいまぜんがもう声がでばぜん……」

「そうか。ならばやむをえぬ。今日のところはここまでにしておこう」

「あじがどうございまず……」

華彦はふたたび深々と礼をした。それにしてもこのおババの体力はすごい……と華彦は心底感心した。なにしろ百十二歳なのだ。

（私も今日から羊羹の一気食いをしてみようかな……）

などと思ったとき、

「では、今から本日やったことのおさらいをいたそう。ついてまいれ」

「えっ？　おさらいならばこの場で……」

「いや、実地にやってみねば、おのしに祓いの才があるかどうかわからぬではないか」

「ということはまさか……」

「そうじゃ、祓いに行くのよ」

「むむむ無理ですよ。今日はじめて習ったんですから。今の呪だけで祓えるものなんですか」

「今のは長い長い呪のほんのはじめのところだけじゃが、多少の効能はある。それで祓えるぐらいの妖魅を見繕ってやるゆえ、ついてまいれ……とこう申しておるのじゃ」

「え？　え？　では、今ので祓えないようなやつが出てきたら……」

「おのしは食われてしまう」

「ひいーっ！　嫌だ。嫌です。私はここに残ります。紫さん、助けてください」

紫は微笑みながらそっぽを向いた。おババはため息をつき、

「情けない男じゃの。ちと冗談を言うただけじゃ。わしがついておるから安堵せよ」

そのあともごねまくった華彦だったが、結局、おババと紫に引っ張り出されてしまった。

「あー、嫌だ嫌だ。どうして私がこんな目に遭わなきゃいけないんだ……」

「うるさいのう。黙って歩け」

「そもそも尾田組では、祓いは旭日嶽さんの役目なんです。私は補佐をするだけで……」

「その旭日嶽になにかあったら、おのしの出番ではないか」

「そんな日が永久に来ないことを願っています。あー、嫌だ嫌だ……」

「お、いたぞ」

「ひいっ」

逃げ出そうとした華彦の手首を紫ががっちり摑んだ。

「若造、あそこのドブ川のなかにおるエビみたいなものが見えるか」

「ああ、見えますけど……」

「あれは『網切り』という妖怪のこどもじゃ。エビより弱っちいゆえ、さっきの呪で祓えるぞえ」

「ほ、ほんとですか」

「わしは嘘は言わぬ。――さ、祓うてみい」

華彦はドブ川に近づいた。汚い水のなかに、ボウフラやミミズ、ヤゴなどに交じってエビのような変な生きものが泳いでいる。

(これが……物の怪?)

三寸ほどしかないそいつに向かって華彦はおそるおそる両手を合わせ、

「えーと……なんだっけかな。ンガーイか。ンガーイ……ルルルララン……シビリ……」

華彦が呪を唱えだすと、網切りだけが反応した。びくり、と顔を上げ、華彦に向き直った。華彦はぎょっとしたが、後ろからおババの、

「早う続けよ!」

「ア、アーリヤン……ゲジラニヤベヤナ……」

網切りは真っ直ぐに華彦目掛けて泳ぎだした。

「ンガーイ・ルルルラランシビリ・アーリヤン・ゲジラニヤベヤナ……ンガーイ・ルルルラランシビリ・アーリヤン・ゲジラニヤベヤナ……ンガーイ・ルルルラランシビリ……うわあ、こっち来るな!」

華彦がついにそう叫んだとき、網切りはドブ川のなかから跳躍し、華彦の顔面に飛びついた。

「うひゃあああああっ!」

おババが、

「なにをしておる! 呪を唱え続けよ。気合いじゃ、気合いじゃ!」

網切りは片方のハサミで華彦の鼻を挟んでぶら下がっている。その状態のまま華彦は、

「ンガーイ・ルルルラランシビリ・アーリヤン・ゲジラニヤベヤナ……痛い痛い痛い痛たたたた……おババ殿、こいつを祓ってください!」

紫が大笑いしている。おババはため息をつき、

「こんなもの、祓うまでもねえ。こうして……」

手を伸ばして網切りの子をつまむと、地面に叩きつけた。網切りは「ポン!」と

いう音とともに白い煙となって消滅した。おババは華彦に指を突きつけ、

「明日からは当分来ずともよい」

「いきなり破門ですか。そりゃないですよ……」

「そうではない。おのしは明日から別件で働かねばならず、ここには来られぬことになる」

「そんなことがわかりますか」

「百十二年も生きておるとな、今が今日なのか明日なのか明後日なのかわからぬようになってくる。未来も現在も過去も同じように思えてくるものじゃ」

「はあ……そんなもんですか」

華彦が礼を述べて奉行所に行こうとしたとき、

「若造、ひとつだけ言うておいてやる。聞け」

「はい……？」

「ネズミ小僧に気をつけよ」

「ネズミ小僧……？　あの名高い盗人の？」

華彦はきき返したが、

「まえも言うたが、思い込みは禁物じゃ。心の目で見よ」

そう言うとおババと紫はきびすを返し、そのまま立ち去った。

◇

昼飯に蕎麦をたぐるのも忘れ、華彦は北町奉行所に向かった。そして、尾田組の部屋の隅っこで壁にもたれて座り、目を閉じて腕を組み、なにやら考え込んでいた。いつにないそんな華彦の真剣な様子に旭日嶽と夜視は小声でひそひそと、

「なにごとじゃろうのう」

「来てからずっとああなんですよ」

「鼻の頭が赤いのう。――おババ殿のところでなんぞあったのか」

「紫ちゃんにフラれたとか」

「奥手のくせに、ちょっかいを出したというのか。いや、この臆病もの、そんなことができるタマではないぞ」

「なら、祓いの修行でしくじりまくって、おババさまにこっぴどくどやされまくったとか……」

「ははは、それはありそうじゃのう」

華彦は両目を開けて、

「全部聞こえてますよ！」

「ほう、耳だけはよいようだわい」

旭日嶽と夜視は華彦に近づき、

「紫に言い寄って肘でゴーンといわされたか」

「なにがあったの？　この夜視姫お姉さんに言ってみなさい」

華彦はからかうふたりをキッとにらみ、

「ネズミ小僧っていう妖怪はいますか？」

ふたりは顔を見合わせた。

「なんのことじゃ」

「ネズミ小僧なら泥棒でしょう？　大名屋敷を荒らしまわって、その金を貧乏人に分け与えたっていう義賊。たしか十年ばかりまえに捕まって、小塚原《こづかっぱら》で獄門になったはず……」

「そのネズミ小僧なら私も知ってます。妖怪にそういうやつがいるかどうか教えてほしいんです」

華彦は、ススキのおババに「ネズミ小僧に気をつけよ」と言われたことを話した。

「おババ殿が言うのだからただの盗人のことではないでしょう。だから、そんな妖怪がいるのかなあと思って……」

「うーむ……わっしは知らぬが、豆腐小僧とか一つ目小僧とかがおるのじゃから、ネズミの顔をしたネズミ小僧がいてもおかしくはないのう」

華彦は、ネズミの顔を持ったこどもを思い浮かべて総毛だった。

「そういうことは左門さんが詳しいよね。今日はまだ来てないけど……」

夜視がそう言いかけたとき、とんとんとん……と段を下りてくる足音がした。石段の途中から当の左門が、

「おい、仕事だ。小石川の富坂新町にある寺の屋根やら柱やらを鳥がつつくような音が延々と聞こえてるそうだ。ときどきギャアギャアという鳴き声みてえなものも聞こえるてえが、姿は見えねえ。ついさっき、自身番に寺のものから訴えがあって、そこから北町に知らせてきた」

旭日嶽が、

「目に見えぬ鳥か。物の怪だな」

「おそらくな」

華彦はそれを聞いてぶるっと震え、

「寺なら町方の出る幕じゃないのでは？　下手に手を出すと叱られますよ」

左門が、

「いいんだ。向こうから名指しで頼んできたんだからな。寺のなかに入《へぇ》らず、外から退治すりゃいいってことらしい」

「虫のいい話ですね」

「しかたねえ。それが俺たちの役目だからな。――行くぞ」

「行くんですか、やっぱり、どうしても」

華彦はしぶしぶ立ち上がった。

夜視を留守居に残し、無辺左門、旭日嶽、華彦の三人は小石川の自身番に向かった。年老いた番人が言うには、秘蒙曼茶羅寺《ひもうまんだらじ》はこのすぐ裏にある天台宗《てんだいしゅう》秘蒙曼茶羅寺派の名刹で、知らせてきたのはそこの住職宝巌《ほうげん》和尚の使いの寺男だという。近頃毎夜毎夜、本堂や講堂、僧坊などの屋根、窓、門、柱などを鳥がつついているような音がするのだが、どこにも鳥の姿はない。それなのにあちこちに穴が開いていく。しまいには仏像にまで穴が開き始めた。気味が悪いから検分に来てほしい、とのことだった。自身番では扱いかねる案件なので、番人は北町奉行所に届け出たのだ。

「奇っ怪な出来事は北町の尾田さまの組へ……と内々に言われておりますのでね」

「それでよい」

左門はうなずいた。オダブツ組のことも少しは浸透してきているようだ。

番小屋を出ると三人で秘蒙曼茶羅寺へ足を向ける。密教というのはもともと「秘密の教え」のことで、厳しい修行のすえに授かった教えをだれにも伝えず我がものとする。しかし、秘蒙曼茶羅寺はその名のとおり、秘密を秘密とせずにあまねく啓蒙しよう、という密教では珍しい宗派だという。上野の寺は本山で、寛永寺など江戸指折りの大寺に比べると規模は小さいが、それでも宝巌和尚以下五百人ほどの僧を抱えている。

「あれじゃな」

旭日嶽が指さしたところに三重塔が見えた。なおも近づくと、山門があり、その向こうに伽藍が連なっている。

「おお……！」

無辺左門が唸った。山門を三羽の鳥がつついているではないか。鳥の大きさはカラスほどだが、色は鳩のように薄い青色や緑色、黒などが混じっており、翼は猛禽類のそれに似ている。なにより目を惹くのはもっこりと出っ張った頭部が人面であることだ。目も眉毛も鼻も人間のものだが鋭いくちばしは鳥そのものだ。人面の鳥は羽ばたきながら山門の瓦を激しくつついてつぎつぎと割っている。砕けた瓦がばらばらと落下し、通行人の頭に降りかかっている。

「間違えねえ。あれは『寺つつき』だ」

変異改役の無辺左門が断言した。

「寺つつきてえのは、古の時代、仏法の受容をめぐっての争いで聖徳太子《しようとくたいし》に負けた物部守屋《もののべのもりや》が怪鳥に変身して太子の建てた寺院を襲ったのがはじまりだ。だが、あそこにいる寺つつきは、そんな大物じゃねえな。ただのキツツキの変化《へんげ》だ」

「なんじゃ、そうか。ならば遠慮のう退治させていただくとするか」

旭日嶽が太い両腕を顔のまえでがっしと合わせ、寺つつきを拝み上げようとしたとき、

「まあ待て」

「なぜ止める」

「ここはひとつ、逆勢に一番手を務めてもらおうじゃねえか」

「あ、なーる……」

旭日嶽はニヤリと笑い、

「そこの鼻の頭が赤い先生、おババ殿のところで今日習うてきたことをここで試してみなんせ。またとないええ機会じゃ」

華彦は跳び上がり、

「とととんでもない。私が一番手だなんてそんな先輩に失礼なことはいたしかねます。どうぞ先輩からお先にどーぞ」

「わっしがええと言うておるのじゃ。なにも失礼なことはないぞ。――さあ、やれ」

そう言われて華彦は山門を見上げた。三羽の人面鳥は尾田組の面々に気づいているのかいないのか、コツコツコツコツコツ、コツコツコツ……とひたすら山門をつついている。

「早うせぬと山門が倒壊するぞい」

「そそそれはそうですけど、私の力ではとうてい……」

「やらぬか。ほれ見い。今度は額をつつきだしたぞ」

寺つつきたちは山門に掲げられた「秘蒙曼荼羅寺」の額に攻撃の対象を移した。

額がぐらぐら揺れている。山門の下に野次馬が集まりはじめた。彼らの目には、風もないのに額が揺れ、小さな穴が開いていくように見えているのだろう。

「逆勢さん、とっととやりなさいよ！」

夜視に背中をどやしつけられて、華彦はからくり人形のようにトトトト……と数歩進んだ。そして、こわごわ寺つつきたちを見つめ、手を合わせると、

「えーと……えーと……ンガーイ・ルルルラランシビリ・アーリヤン・ゲジラニヤベヤナ……」

寺つつきたちのうち一羽が華彦に気づいた。額から離れ、華彦に向かって舞い降りてきた。

「うわっ、来た！　ンガーイ・ルルルラランシビリ・アーリヤン・ゲジラニヤベヤナ！　ンガーイ・ルルルラランシビリ・アーリヤン・ゲジラニヤベヤナ！　ンガーイ・ルルルラランシビリ……」

寺つつきの輪郭線が急に二重になったかと思うと、ポフッ！　という音とともに消えた。

「うわっ、やった、祓えた！　ついにやりましたよ。私は……私は……」

感動のあまり涙ぐむ華彦に左門が、

「おい、まだ二羽残ってるぜ」

「え？」

気づいたときには、残りの二羽の寺つつきが華彦目掛けて急降下していた。

「ひいっ、ンガーイ・ルルルランシビリ・アーリヤン・ゲジラニヤベヤナ……ンガーイ・ルルルランシビリ・アーリヤン・ゲジラニヤベヤナ……ンガーイ・ルルルランシビリ・アーリヤン・ゲジラニヤベヤナ……ンガーイ・ルルルランシビリ・アーリヤン・ゲジラニヤベヤナ……全然効かない。どうしましょう！」

「腹を据えてもっと唱えねえか！」

「ンガーイ・ルルルランシビリ・アーリヤン・ゲジラニヤベヤナ……ダメです、もう効きません」

二羽の寺つつきは華彦の顔面や首筋、背中、胸、腹……ところかまわずつつきまくる。

「ンガーイ……痛いっ、痛い痛い痛い痛い……ンガーイ痛い！　ンガーイ痛いンガーイ痛いンガーイ痛い！」

ぴょんぴょん跳ねながらわけのわからないことを叫んでいる華彦を、見物人は奇異の目で見つめている。そろそろ限界だと思ったのか、旭日嶽が進み出て、

「ンカーイ・オンンダラチグリ・アーラマン・ゲシオニヤブハナ・ドエオ・インヨシツミ・ルブシポ・エヴァアウオンセイレ・ユキサマダ！」

途端、華彦をつついていた二羽の寺つつきは同時に消滅した。華彦は泣きながら旭日嶽に抱きつき、

「ありがとうございます。おかげで命拾いしました。旭日嶽さんのおかげです」

「あのなあ、逆勢よ。今の三羽の物の怪は、物の怪のなかでも下級のまだ下あたりの雑魚じゃわい。あんなものちょちょいのちょいと祓えいでどうするかい。修行じゃ、修行じゃ」

「はあ……」

やはり自分には祓いの才がないのか……と華彦がしょぼくれていると、無辺左門が、

「逆勢、この寺の住職に会うて、『北町の尾田組が変異の根本は取り除いた。今後はなにも起こらぬはずゆえ安堵せよ』と言ってこい。かならず住職当人に直に伝えろよ」

「は、はい」

華彦は山門をくぐって寺内に入り、住職の宝巌和尚の住まいがあると思われる庫裏に向かおうとしたが、四、五人の僧侶に行く手を遮られた。いずれも背が高く、屈強そうな坊主ばかりある。

「見たところ町方のもののようだな。八丁堀の不浄役人が寺方になんの用だ」

そのうちのひとりが「不浄役人」というところに力を込めてそう言った。華彦は、相手が僧侶なので下手に出た。

「私は北町奉行所から参りました。こちらのご住職宝巌和尚さまの使いだというお

方が自身番に来られまして、こちらに変異が起きているようなので来てもらいたい、とおっしゃいましたので、わざわざ出張ってきたのです」

「なに？　変異だと？」

僧たちは顔を見合わせ、

「だ、だれがそんなことを知らせたのだ」

「はい、どなたかは存じませぬが、鳥のようなものがこの寺を襲って……」

「鳥だと？　肉食が禁じられておるわが寺内で、ニワトリが飼われているとでもいうのか！」

「いえいえ、ニワトリなんて私は一言も申しておりませんが……」

「申した！　貴様、我らがニワトリを食うておると疑っているのか」

「そんなことはなにも……」

べつのひとりが、

「そのようなことは当寺では起きておらぬ。つまらぬ言いがかりをつけるとただでは済まぬぞ」

「いえ、もう変異のもとは取り除きましたので、今後はなにも起こらぬかと存じます」

「ならば、それでよい。帰れ」

「ご住職に直にお会いしてお伝えしたいのですが……」

三人目が、

「ならぬ！　畏れ多くも天台宗秘蒙曼荼羅寺派大本山の住持が貴様ごとき木っ端役人と会うと思うか。図々しいにもほどがある。面会したくば寺社奉行を通して申し込むのが筋であろう」

「ではありましょうが、もともとご住職の方から我らに頼んできたのですからね、結果は直にお伝えすべきと考えます」

四人目の僧が、

「ああ、その儀なら我らが責任をもって住職に伝え申す。じつは住職は病に臥せっており、いかなる客人とも面会をお断りしておるのだ。そんなわけだから、ここはこのままお帰り願いたい」

口調は柔らかいが、「一歩も引かぬ」という顔つきでそう言ったので、華彦もあきらめるしかなかった。

「わかりました。かならずご住職に伝えてくださいよ」

「ああ、約束する」

華彦は彼らに背を向け山門の方に戻りかけたが、どこからか強い視線が浴びせられているのを感じた。僧たちが凝視しているのか、と振り返ったが、彼らのものではないようだった。と言って、さっきの野次馬たちとも思えない。ふと足もとを見ると、そこに落ちていた羽はたしかにニワトリのそれのような気がしたが、おりからの風に飛んでいってしまい、確かめようがなかった。

「戻ってきよったわい。首尾はどうじゃった？」

旭日嶽に言われて、華彦は一部始終を話した。左門は笑って、

「やっぱり寺社奉行を通せ、と来たか。寺だの神社だのてえのは、よほど俺たち町方が嫌いとみえるな」

「でも、住職に伝える、と約束はしてくれました」

「うむ、それでよかろう。——帰るぞ」

四人は山門を離れたが、華彦は幾度となく寺を振り返る。

「どうした？　なにが気になるのだ」

左門に問われ、

「ずっとだれかに見られてるような気がするんです」

「うーん……物の怪の気配は俺にゃあ感じねえがなあ。おめえたちはどうだ？」

旭日嶽と夜視も、このあたりに妖怪はいないと思う、と口々に言った。

「それならいいです。私の勘違いでしょう」

そう言ったとき、華彦はもう二度とこの寺に来ることはないだろう、と思っていたが、それは大きな誤りだったのである。

◇

「おい、金の字……金さんじゃねえか」

懐手をして歩いていた金さんは、おのれの名を呼ばれてひょいと振り返った。

「なんだ、留公か」

それは、留吉《とめきち》という植木屋だった。博打場で知り合ったのだが、それほど親しくはない。顔見知りというだけだ。往来でいきなり声をかけてくるほどの仲ではないはずだった。

「なあ、金さん……」

留吉はするすると金さんに近寄ると、声を低め、

「いい儲け話があるんだが、一口乗らねえか？」

「ほう……儲け話か」

断るのはたやすかったが、こういうところから事件のとば口がつかめることもある。

「ありがてえ。俺ぁ儲け話にゃあ目がない方でね、ぜひ聞かせてくれ」

「そうこなくちゃ。ここじゃなんだから、もうちょっとひと通りのねえところに行こうじゃねえか。そうそう、そこを曲がったところにおあつらえ向きの神社がある。

あそこで話そう」

「かまわねえけど……そいつぁマジネタなんだろうな」

「当ったり前《めえ》よ。かならず儲かる、絶対に損はしねえ、てえ代物だ」

「へえー、近頃とんと聞いたことのねえ景気のいい話じゃねえか」

「だろう？　じつは……」

留吉がなにかを言いかけたとき、

「あっ、てめえは遊び人の金！」

そんな声が後方から飛んできた。見ると、岡っ引きのするめの下足吉が十手を抜いて走ってくるではないか。

「このまえは俺をさんざんコケにしやがって。今日という今日は許さねえ。しょっ引いてやる」

その後ろから息もたえだえに追ってくるのは同心逆勢華彦だった。

「ま、待て、下足吉……そいつには……そいつには手を出すな……」

留吉は顔をこわばらせ、

「十手持ちが来やがった。金さん、また今度話そうぜ」

そう言うと、尻からげして姿をくらましてしまった。金さんはにやりとして、

「こいつぁ面白え。どうやらお上に知られるとまずいことがあるようだな」

そうつぶやいたが、下足吉の足音が迫ってくるのに気づき、

「俺っちもこうしちゃおれねえ。とんずらといくか」

そして、尻ぱっしょりをすると雲をかすみと逃げ出した。

「ちくしょうめ！」

もう少し、というところで獲物を取り逃した下足吉は口を尖らせた。金さんとは足の速さにかなりの差があったのだ。背中を丸め、膝に両手を突きながらぜいぜいと荒い息をする。

「痛てててて……横っ腹が痛えや。あの野郎……このつぎは見てやがれ」

ようやく追いついた華彦が、

「下足吉、金さんのことは放っておけ」

「どうしてです、旦那。かどわかし一件のときにさんざん煮え湯を飲まされたのを忘れたでやんすか」

「あいつはな……」

言いかけて華彦は言葉を濁した。まさか「あの遊び人は北町奉行の双子の弟だ」とは言えぬではないか。

「あいつは、奉行所の方針で泳がしてあるんだ。私たちがうかつに手を出してはいけない」

「へえー、そうでやんすか。あいつ、命拾いしやがったな」

ふたりは八丁堀の華彦の屋敷に向かう途中であった。ぱったり出くわしたので、昼時だし、たまにはうちで飯でも食べていけ、と華彦が誘ったのだ。

岡っ引き、目明しというのは、どの与力、どの同心の下で働くのかは決まりがない。そもそも同心に雇われているわけではなく、江戸市中を歩き回って事件の糸口を見つけ、その解決に協力することで同心から手引きと呼ばれる小遣いをもらう……という関係であった。その小遣いは奉行所からではなく、同心の懐から出たものである。下足吉の父するめの烏賊吉が華彦の父太三郎と親しかったこともあり、華彦の代になっても下足吉を使うことがもっぱらである。八丁堀の同心は子飼いの岡っ引きがいつ屋敷に来てもいいように、ひとり分の食事の支度がしてあったという。

「ネズミ小僧？」

歩きながら華彦の話を聞いていたするめの下足吉は、声を裏返らせた。

「しっ、声が高い」

華彦は唇に人差し指を立てた。

「けどねえ、旦那。ネズミ小僧はずいぶんとまえにお仕置きになりやしたぜ。二代目が出てきたってえんですかい？」

「そいつはわからない」

「どこかの大名屋敷か大店に押し込みでも？」

「そいつもわからない」

「なんだか雲を摑むような話だねえ」

「聞いたことがないなら、それでいいんだ。まあ、どこかでネズミ小僧の名を耳にしたら教えてくれ」

「わかりやした」

「おまえの方はどうだ。近頃なにかネタはないのか」

「そうですねえ……」

　下足吉はしばらく考えていたが、

「この不景気ですからどうにも首が回らないって連中は大勢おりやすが、なかには景気のいい連中もいるみたいでやんす」

「ほう……」

「水野さまのお取り締まりで、寄席や芝居小屋はおろか、色里までも火が消えたようになってるなかで、吉原で散財してる野郎がおりやんすよ」

「うらやましいなあ。どこのお大尽だ」

「それがわからねえんです。正絹楼《しょうけんろう》を借り切った、てえからたいへんな金持ちでしょうが、取り巻き連中も含めて、みんな頭巾で顔を隠していたらしいんで……。そこまでして茶屋遊びがしてえもんかねえ」

　下足吉は一丁前のことを言った。

「いずれどこか大店の主だろうな」

「へっ、こちとら明日の米にもこと欠いてるってのに……そんなやつぁネズミ小僧に有り金盗られっちまえばいいんだ」

「おい……おまえ、目明しだろう」

「わかっちゃおりやんすが……どうもそういう話を聞くと腹が立つんです。旦那は腹立ちませんか」

「このご時世に小判撒いてるようなやつは、どうせ後ろ暗いことをしてるに決まってる。そのあたりをほじくってみたら面白いんじゃないか？」

「なるほど。さすが逆勢の旦那だ。やってみやしょう。今夜、吉原に聞き込みにめえりやす」

　華彦は財布を取り出し、なけなしの二朱を下足吉に渡した。これですっからかんである。ゆかりに「小遣いがなくなったからもう少し欲しい」とねだっても、絶対に「うん」とは言わないだろう……。

「え？　こんなに？　いいんですかい？」

「明日の米にもこと欠いてると言われたら出さなきゃしかたないだろう」

「へへへ……申し訳ねえ。旦那も懐が寒いでしょうに」

「ほっとけ」

「けど、たとえ五文でも十文でも欲しい、金がもらえるならどんなことでもする、てえ連中は今の江戸にゃあ掃いて捨てるほどいるでしょうね」

「だろうな。だからといって後ろ暗いことに手を出したらおしまいだ。富札なんかも、まず当たる気遣いはない。一攫千金、楽して儲けようなんて考えは間違ってる。うまい儲け話なんぞそうそう転がってるはずがない。人間、心まで貧乏してはいかん。コツコツ真面目にやるのが一番なんだ」

「へえ……珍しく旦那にしちゃあいいこと言いますね」

「珍しくは余計だ」

そうは言ったものの、華彦にも「一攫千金」を夢見るものの気持ちはよくわかった。同心という仕事は、真面目に勤めれば勤めるほど貧乏になる。役人風を吹かせて、町人からの付け届けや賄賂をどしどし受け取れば、もう少し暮らしも楽になるのだが……と思わぬこともない。性分だから仕方がないが、父親の薬代にこと欠くようになっては困る。

（金が欲しいなあ……）

華彦がそう思ったとき、下足吉が、

「あれ？　旦那、見てくだせえ」

そう言って指さしたのは、ようやく見えてきた華彦の屋敷だった。木戸門のまえにだれかが立って、じっと門のなかの様子をうかがっている。

「盗人ですぜ！　八丁堀の役宅に盗みに入るたあ太え野郎だ。俺っちに任せてくんなせえ」

言うが早いか十手を抜いて走り出した。

「待て、よく確かめてから……」

「御用、御用、御用御用御用……御用だあっ！」

相手は下足吉に気づいて逃げようとしたが、下足吉がその正面に回り込んだので、あわてて反対を向き、そこに生えていた柿の木の太い横枝に身軽に飛びついた。

「サルじゃあるめえし、木に登って逃げる気かよ。そうはさせねえ！」

下足吉は相手の足を両手で抱えるようにして引っ張った。相手は枝から手を離して下足吉のうえへ勢いよく墜落した。

「ぎゃあっ」

下足吉はぺしゃんこになった。その頭に、熟した柿の実が二つ、三つ……と降ってきた。

◇

「申し訳ありませんでした！」

逆勢家の屋敷の敷地に建てられた長屋の一室で、華彦と下足吉のまえで両手を突いて、平謝りに謝っているのは、まだ十歳ほどに見える小坊主だった。青々と剃り上げたつむりが目に痛いほどだ。

「同心の屋敷を外から盗み見なんかするから盗人と間違えるんだ。気をつけろい」

下足吉は手ぬぐいで顔を拭いながらそう言った。手ぬぐいが真っ赤なのは血ではなく、熟した柿の実のせいである。

「すいません……ほんとにほんとにほんとにすいません」

華彦が、

「もうそれぐらいにしておいてやれ。――で、小坊主さん……」

小坊主は顔を上げた。小さい顔に細い眉、細い目、低い鼻、小さな口……雑巾で拭ったら消えてしまいそうなほど薄い顔立ちだ。

「雪海《せっかい》と申します」

「うん、雪海さん、私になにか用があったのか？」

「はい……」

「どのような用だね」

「は、はい……その……あの……」

雪海はしばらく口ごもっていた。下足吉がイライラして、

「じれってえな。旦那に用があるからここに来たんだろ？　だったら早く言わねえか！」

雪海は怒鳴られて涙目になっている。

「下足吉、相手は年端も行かないこどもじゃないか。きつい言葉をかけるな」

「ですがね、旦那……俺たちも暇じゃねえんで」

「いや、暇だ。滅茶苦茶暇だ。――雪海さん、我々はなんにもすることがない暇人だから、いくらでも待ってあげるよ。ゆっくり話しなさい」

「私は口下手なうえに早口で、うまく話せるかどうか……」

「大丈夫だ。私たちはおとなだから、おまえの話をちゃんとわかってあげられると思うよ」

小坊主はかしこまって話しはじめた。

「じつは……寺にネズミが出るのです」

華彦はハッとした。ネズミ小僧のことを思い出したのだ。華彦は、

「それは……そのネズミというのは、人間じゃないだろうね」

雪海はとまどって、

「え……？　人間じゃなくて、ネズミですけど……」

「それならいいんだ」

下足吉が、

「なんだと？　寺にネズミが出るぐれえ当たり前じゃねえか。おめえはまさかお上の手を煩わせてネズミ退治をさせようてえんじゃあるめえな！」

「ちょっと黙ってろ」

「でも、旦那……」

「いいから。——続けて」

「近頃、夜中にものがなくなることが多くて、たぶんネズミの仕業だろう、と皆で言い合っていたのですが、あるとき崋呑阿闍梨《げどんあじゃり》さまが大事になさっておられた経文の巻物を、夜中にネズミが引いたのです」

「引いた？　ああ、盗ったということだな」

「崋呑阿闍梨さまは激怒なさって、桃那《とうな》さまを責めました。私は寝ずの番をしていたのですが、真夜中過ぎに笛の音がピヨーンと聞こえてきて、私はもう怖くなって……今日、あなたが寺にお越しになられたでしょう。それで私は思い切って……」

「ちょ、ちょっと待ってくれ」

華彦は小坊主の話をさえぎった。

「——なにか？」

「いや……おまえの話、私にはなんのことやらまるでわからない。崋呑とか桃那とかいったいだれだ。笛の音がピヨーン……なんだって？　もっとていねいに、我々にわかるように話してくれ」

雪海はため息をつき、

「やっぱりわかりませんでしたか……。じゃあ、ちょっと長くなりますけどよろしくおつきあいをお願いします」

そう言ってゆっくりゆっくり、ほんとうに亀が這うようにゆっくり子細にわたって雪海が話しはじめたのは、秘蒙曼荼羅寺の内部事情だった。

◇

秘蒙曼荼羅寺の住職宝巖和尚は病身で、今は阿闍梨の崋呑という僧が宝巖に代わって寺を取り仕切っている。その崋呑が大量に所有している経文の巻物の一部がネズミに引かれたらしい。崋呑は大いに怒り、その夜に夜勤番だった雪海を呼び出して、皆のまえで叱りつけた。そして、二度とネズミが経文を引いたり齧ったりしないようにそれから毎晩、夜通し経蔵を見張るように、と雪海に命じた。

「ネズミの番で寝ずの番か。こいつぁいい」

「下足吉、うるさいぞ！　それで？」

「毎晩徹夜なんてとても無理ですが、崋呑阿闍梨は許してくださりません。桃那さまは……寺では崋呑阿闍梨に継ぐ地位のお方ですが、私をかばってくださいました。でも、崋呑阿闍梨さまは桃那さまに向かって、『おまえがネズミを使役してわしの経文を齧らせているのだろう』と言う始末です。私はもう情けなくて、桃那さまに申し訳なくて……」

雪海は下を向いた。華彦は、

「それだけなら奉行所に届け出ることでもあるまい。ネズミに食われぬ場所に巻物を保管すればよい」

「それはそうなんですが、私が毎夜、経蔵を見張るために起きていると、丑三つ刻のころになるとどこからともなく笛の音が聞こえてくるのです」

「ほう……僧のなかで笛を吹くものはいるのか？」

「はい。総学頭の桃那さまは笛がたいそうお上手です」

「ならば、その桃那が吹いているのだろう」

「いえ、桃那さまは深夜に笛を吹くなどという理不尽なことはなさらない……と思います」

そうとは言い切れまい。華彦は、この小坊主がなにを言いたいのか今ひとつわからなくなった。

「おまえは町奉行所になにをしてほしいのだ」

「ネズミを退治してほしいのです」

下足吉が、

「ほーれ、やっぱりそんなこったと思った。てめえはお上にネズミ捕りの真似事をさせようてえのか。俺たちゃ暇じゃねえんだ。帰りやがれ！」

「それがただのネズミじゃないんです。――化け物ネズミなんです！」

その言葉を聞いた途端、華彦の背中を冷たいものが這い上がった。問いたくはなかったが問わずば詮議が進まぬ。

「その、化け物ネズミとはどのようなものだ」

「しかとはわかりません。私が寝ずの番をしていたとき、一度だけ見かけたことがあります。蠟燭の火がゆらめくなかにちらりと現れたのは、たしかにネズミ……それもとてつもなく大きなネズミでした」

ぞくぞくぞくぞく……華彦は風邪をひいたときのように悪寒がし始めた。下足吉が、

「あのなあ、小僧さんよ。蠟燭の灯りから離れたところにいると、影はかなり大きく床や壁に映るもんだ。それを見誤ったんじゃねえのかい?」

「ちがう……と思います」

「家ネズミじゃなくて、ドブネズミのなかには相当でけえやつがいる。そういうのが入り込んでるのかもしれねえぜ」

「ドブネズミよりももっと大きいんです。とにかく……そう、化け物としか言いようがなくて……」

「信じられねえな」

あくまで信じようとしない下足吉に、小坊主は懐から一枚の紙を出して示した。

「絵に描いてみましたのでご覧ください」

下足吉と華彦がのぞきこんだその絵には、たしかに「化けネズミ」としか言いようがない、ネズミとは違うが、猫やイタチなどとも違う怪物が描かれていた。華彦

は震えながら、

「絵がうまいね……」

「はい。和尚さまにもほめていただいたことがございます」

「そ、そりゃよかった」

華彦は絵から目を逸らせた。

「私が見たのはそのとき一回だけですが、交代で番をしているほかのものも見ております。しかも、私がその化け物ネズミを見たときには、笛の音が聞こえていました」

「ひゅっ」

華彦は恐怖のあまり妙な声を口から漏らしていた。下足吉が、

「旦那、どうかなせえやしたか」

「な、なんでもないよ」

華彦はいつのまにか染み出ていた額の大量の汗を拭いながら、

「その化け物ネズミを奉行所の手で捕まえろ、と言うんだな」

「はい。私たちの手ではどうにもなりません。ネズミは毎晩のように出没して、経文などの大事なものを引いたり、齧ったりしております。我々小坊主の手には負えません。そこで小坊主一同鳩首のうえ、私が代表して今日お越しになった八丁堀のお役人さまのところにお願いにあがることにしたのです……」

なるほど、あのとき感じた強い視線はこの雪海という小僧のものだったのだ。

「化けネズミ退治を奉行所に頼みにいく、というのはだれかの許しを得たのか」

「いえ、私たち小坊主だけで決めました。崋呑阿闍梨さまは寺社方のお役人が来られることすら嫌がりますから、ましてや町方がお越しになるなどと言えばお怒りになるに決まってます」

華彦は、彼が宝巖和尚に会おうとしたときに咎めた僧たちの物言いを思い出していた。

「真っ向から乗り込んでも入れてはくれないかもしれんなあ……。わかった。——おまえは寺に帰り、我々が行くのを待っていてくれ。だがな、雪海」

「はい」

「おまえはまことに化けネズミなるものが寺にいる、と思っているのか？ 見た、といってもほんの刹那だけなんだろう？」

「そ、そりゃあそうなんですが……じつは自分でも信じられません。でも……いるかもしれない。いや、きっといる……ような気がします」

なにやら口ごもる雪海の様子に、

(なにか隠してるな……)

と華彦は思ったが、

「とにかくおまえは寺に戻れ」

「わかりました」

雪海が立ち上がろうとしたとき、ゆかりが三方に饅頭を積んで持ってきた。

「どうぞお召し上がれ」

雪海は、断ろうとしたようだが饅頭の誘惑には耐えきれず、

「はははは い、その……えーと、どうしようかな……」

ゆかりはケロケロと笑い、

「いくらでもお食べなされ。熱いお茶も淹れて差し上げます」

雪海は、饅頭を三拝九拝して懐に入れ、

「ありがとうございます！　ひとりでいただいては罰が当たります。持って帰って仲間の小坊主たちと分けて食べます」

雪海が帰ったあと、下足吉が華彦に、

「旦那、俺っちはこれからどういたしやしょう」

「そうだな……。秘蒙曼荼羅寺の界隈であの寺の評判を聞きこんでくれ。あんまり十手風を吹かすんじゃないぞ」

「わかってやんすよ」

小坊主と下足吉がそれぞれ帰ったあと、華彦は残った饅頭を食べようとしたが、ひとつも残っていなかった。しかたなく華彦は北町奉行所に向かった。

「ほほう、ネズミの化け物とは洒落ておるのう」

旭日嶽が半ば失笑しながら言った。尾田部屋に出勤していたのは旭日嶽と無辺左門、それに九ノ一の夜視の三人だった。

「ネズミなど、いくら大きかろうと取るに足らぬ『嫁が君』じゃ。踏みつぶしてやれ」

嫁が君というのは、正月三が日におけるネズミの忌み言葉である。夜視が、

「ネズミなんてちょろちょろとかわいいもんよねえ。そう言えば、どこかの寺の住職が旅の坊さんを泊めたという話がありましたっけ」

旭日嶽がうなずいて、

「ネズミ塚じゃな」

「なんです、そのネズミ塚というのは……」

華彦はそう言った。怖いことは怖いが問わざるを得ないではないか。

「知らぬのか」

「はい。物心ついてから、そういう怖い話からは徹底的に目を背けてきましたから」

「では、今、わしが教えてやろう。昔、ある古寺に旅の僧が一夜の宿を求めてやってきた。住職は快諾したが、その夜、天井裏からドタバタという大きな音や叫び声が聞こえてくる。翌朝、天井裏を確かめてみると、恐ろしいほどの大きなネズミが旅の僧の衣をまとって死んでいた。その側には寺の猫と近くの家の飼い猫が折り重なって死んでいた。どうやら住職を食ってしまおうと旅の僧に化けてやってきた大

ネズミを寺の猫たちが撃退したが、その途上で双方とも傷ついて相打ちとなった、ということじゃ。住職は猫もネズミをも憐れんで、寺の境内に猫塚とネズミ塚を建て、死骸を葬った、ということじゃな」

「そそそれはただの昔話でしょう？」

「ところが、まことは寺の名も塚の場所もちゃんとわかっておる」

「ふえっ」

「ネズミの化け物なら、旧鼠《きゅうそ》というのもおるぞ。千年の歳を経た古ネズミが化けたもんで、犬ぐらいの大きさがあり、つねに猫を噛み殺してはこれを食らう、という」

「ひえっ」

猫を食うネズミ……これは怖い。

「とは申せ、ネズミの妖怪の総大将と言えば、鉄鼠《てっそ》じゃ。——のう、左門」

無辺左門は二日酔いなのか顔を伏せ気味にして、

「そうだな……。逆勢、おまえは鉄鼠について知ってるか」

「知りません」

「だろうな。——俺が編んだ『百怪図録』のネズミの項をよく読んでおけ」

「かしこまりました」

「ネズミの妖怪ならば尾田組の案件だと思うが、勝手には動けぬ。尾田殿に代わって俺がお頭に話を通してくるからしばらく待ってなよ」

そう言うと左門は部屋を出ていったが、しばらくして戻ってくると、

「うちで扱って差し支えねえそうだ。まずは、それがまことの物の怪かどうかをしっかり確かめよ、との仰せだった」

旭日嶽が、

「お頭はお忙しそうだったかね」

「ああ……近頃、ずっと忙しくしておられる。なんでも江戸の町に今はびこってる騙りのことで寝る間もねえそうだ。もし、ネズミの怪物の件が案外根が深かったとしても、奉行所として人数《にんず》は出せねえから、そっちで全部片づけてくれ、とさ」

華彦が、

「なんですか、その『騙り』というのは……」

「うーん……かならず儲かるという話を持ち掛けられて、それにうまうま乗ったら最後、最後にはとんでもねえことになる、という詐欺が広がってるらしいのさ。おめえも美味い話にゃ気をつけろよ」

「わ、私は大丈夫ですよ」

「ははは……おめえは物堅えからな。危ねえのはさしずめ、俺や旭日嶽か」

「なにを申す。わっしも騙りなんぞに引っかかろうか。力士だった時分も八百長なぞただの一度も、いや、二度……三度じゃったか……」

「そいつは冗談だが、この詐欺がやべえのは、元金いらずってところだ。裸で落と

した例《ためし》はない、てえが、一文の元手も出さずに儲かるという触れ込みだ。はじめのうちはマジで儲けさせておいて、こいつぁいい、と思わせたあとに梯子を外す……てえところさ。深入りしてからドーンと落とすから始末に悪いんだとさ。とにかくみんな気をつけろよ」

皆が合点したのを見て、

「逆勢、まずはおめぇが寺を当たれ。まことにネズミの化け物がいるようだったら、俺がその真偽を確かめる。まことの妖怪だったら、旭日嶽に祓ってもらう。そういう段取りでどうだ」

華彦は怖かったが、

（はじめにネタを摑んだのは私だ。上手くやれば私の手柄になる……！）

そう思って大きくうなずいた。

◇

一刻ほどのち、華彦の姿は秘蒙曼荼羅寺の門前にあった。

「すいませーん、申し訳ない。北町奉行所から参ったものですが……」

「なんだなんだなんだ」

番僧らしき男が衣の裾をたくし上げながら寺内から現れた。眉毛が松の葉のように細く、頬骨が張り出している。

「えー、じつはこちらの寺で夜な夜なネズミが出ては大事の経文などを齧るということが近所でも評判になっておりまして、もしよかったらその退治にお力添えなどできまいか、などと奉行所内で話しあいまして……」

「なにをもごもご申しておる。当寺においてネズミの害がある、などという噂、いずこで耳にした」

「ですからご近所で評判でありまして……」

「わしはそんな噂は聞いたことがない。口さがないものが言いふらした誤報であろう。ささ、お帰りめされよ」

「いや、町奉行所としてはたしかにこちらでただごとではないネズミの害がある、と聞いてのうえでまかり越したる次第。ぜひともご住職にお取次ぎを……」

番僧はややも困った顔をして、

「ネズミの跳梁《ちようりよう》ごときで町方の手を借るような我らではないが……せっかくのお越しゆえ、しばらく相談つかまつるゆえお待ちのほどを……」

そう言って戻っていった。手持無沙汰な華彦は、山門から見る壮麗な寺院の建築を眺めながら、前回のような「寺つつき」がいないかどうかをあちこち見まわして確かめた。

(いない……ようだな……)

寺つきがいないからといって、ネズミの化け物がいないとはかぎらない。華やかな江戸の町なかで時が止まったかのように蒼然として静かなこの境内は、騒々しい寺つきなどより、ネズミの怪が密かに巣食うている方がふさわしいではないか……。身震いしながら番僧の戻りを待っていた華彦だが、

「お待たせを」

後ろから声をかけられたので、

「ひゃうっ」

思わず跳び上がった。

「どうかなされたか。横手門より出てこちらに参り、背中から声をかけさせていただいたが……」

「い、いや、なんでもありません。――で、首尾は？」

番僧はかぶりを振り、

「やはりダメであった。病床の宝巖和尚に代わりこの寺の全権を滑る崋呑阿闍梨は、自分が代理として任されているあいだは、町方役人を寺内に入れるわけにはいかぬ、とこう仰せでな……」

「さようですか」

「すまぬが帰ってくれ。気持ちはありがたくちょうだいしておくが、なにぶん寺方のことゆえ、うちらで解決するほかあるまい」

「あのー……やはりそのネズミの害というのはかなりなものなのですか」

「うむ……ここだけの話だが、阿闍梨さまのご所蔵なさる経文の巻物がときどきなくなるらしい。食い物や筆、草紙の類、布団や衣服などが嚙みちぎられるだけならあきらめもつくだろうが、阿闍梨さまとしては大事の経文を盗むとは許しがたし、というところだろうな」

「はあ……」

「だが、阿闍梨さまは、寺にとって宝ともいうべき経文をネズミが引いていることを世間に知られるのは恥である、とおっしゃって、なにもかも寺のなかだけですまそうとしておられる。——そなたもどこからネズミの一件をお聞きになられた？」

「あ、それはその……世間の噂でね。けっこう広まっているようですな」

「それは困ったものだ。とにかくネズミの害について町方の助力を受けるという気持ちは崋呑阿闍梨さまにはこれっきしもないようなので、どうぞお引き取りを……」

「さようですか。——あの……」

「まだ、なにか？」

「そのネズミというのがただのネズミではない、馬鹿でかい、化け物のようなネズミだ、という噂も耳にしておるのですが……」

「化け物ネズミ？　いや、そんな話は愚僧はとんと聞いておらぬ。町方ではそんなつまらぬ風聞になっているのか」

「まあ、ね」

「くだらぬことだ。すぐに無知な大衆は話に尾ひれをつけたがる。ただのネズミが齧ったのを化け物ネズミの仕業にしようとする。そんなことはありえない。――あなたも役人なら、この世に妖怪変化などというものがおるかおらぬのかぐらいはおわかりであろう」

　その「妖怪変化」を取り締まるのがおのれの役目なのだ、とは言えぬ華彦だった。

「あなたも私も忙しい身。いつまでもここでつまらぬネズミの話を続けていてもしかたない。さあ、そろそろ帰らないと阿闍梨さまの……」

　番僧がそう言いかけたとき、

「おい、貴様はだれだ」

　数人の僧が番僧と華彦の会話を聞きつけてやってきた。番僧は素直に、

「北町奉行所のお役人です。うちの寺でネズミの害が多いと聞いてわざわざ来てくれたのですが、さきほど崋呑阿闍梨さまにおうかがいすると、町方の手助けはいらぬと仰せでしたので、お断りしているところです」

「なにい？」

　先頭の長身の坊主が、

「寺は寺社方の管轄だ。町方風情の足を踏み入れる場ではない。帰れ！」

華彦の腕のなかで魂が、

「ぎゃうっ」

と鳴いた。華彦は、

「帰りますよ。ネズミの被害がひどい、と聞いて、わざわざ親切で来てあげたのに、そういう言われ方は心外です」

「うちの寺でネズミの害がひどいとはだれに聞いたのだ。小坊主どもが漏らしたのか」

「さあ……どうでしたかねえ……」

「とにかくここは貴様ら不浄役人の立ち入る場ではない。とっとと帰れ！」

「わかってます。言われなくても帰ります。お邪魔しました。──あ、でも一言だけご助言させてください」

「なんだ、早く言え」

「ネズミを捕まえるのには、いい猫を飼った方がいいですよ。それとももう飼っておられますか？」

僧たちは顔を見合わせ、

「いや……今、この寺には猫はおらぬ」

「今、ということは、このあいだまではいたのですか？」

「む……そういうことだ」

「どうしていなくなったのです」

「う、うるさい！　――そんなことより、おまえ、昨日もうちに来た役人ではないのか？　顔に見覚えがあるぞ」

「え？　私が？　そんなことはありません。ここに来るのは誓ってはじめてで……」

「貴様……貴様にかぎらず今度町方のものがこの寺に足を踏み入れるようなことがあったら、ただではおかぬからそう思え」

「ははは……あははは……さいならー」

華彦は早足でその場を離れた。

◇

「金さん、金さん……いい儲け話があるんだ。一口乗ってくれよ」

「新公か、どうせ『天下一金満講《てんかいちきんまんこう》』だろうが」

「あれ？　もう知ってるんだ。さすが早耳だねえ。知ってりゃあ話は早えや。どうだい、俺の子方になってくれ。魚屋の長さんが勝手に抜けちまって、あとひとり足らなくなっちまったんだ。間違えなく儲かるから心配《しんぺえ》はいらねえよ」

「あのな、間違えなく儲かることなんかこの世にはねえんだよ」

「それがあるのさ。俺も、そんな馬鹿な、とは思って一刻ぐらい話を聞いたが、とうとう納得したよ。世の中にはすげえことを思いつくひともいるもんだな。これで不景気たあおさらばだ。ようやく一息つけるてえもんだ」

「それがそうはいかねえんだ。そいつはな……騙りだよ」

「騙りじゃねえよ。俺は五人の子方を集めて、それぞれから二分ずつ金をもらう。計二両二分だ。そして、俺の親方である楊枝屋の松公にその四分の一の二分二朱を渡す。残った一両三分二朱が俺の取り分だ。これが毎月、しかもなんの働きもせずに、ただもらえるんだぜ。今のご時世、月に一両三分二朱あればけっこうな贅沢ができるてえもんだ。――どうだ、こんな美味え話はねえだろう」

「だから、ねえんだよ」

「おい、金の字、いつものおめえらしくねえな。こういう儲け話にはすぐに飛びつくおめえじゃねえか」

「騙りとわかってて飛びつけるかよ。俺ぁここんとこ、毎日この騙りの絵解きばかりやってんだ。いい加減疲れてきたぜ。――いいか、新公。おめえは毎月、その五人から上納金を受け取るが、そのうち何人かの支払いが焦げ付いたらどうする」

「焦げ付きゃしねえよ。そうなったらべつの子方を探せばいい。儲け話を探してる人間なんて江戸にゃごまんといるさ」

「その五人がまた子方を五人従える。その五人がまた子方を五人従える。そういう風にして金の流れができていくわけだろう？」

「そうさ。はじめて思いついたやつはなんて頭がいいんだ、と思うよ」

「おめえの頭の悪さには呆れけえるぜ。あのな、五人が五人を従え、その五人がまた五人を従え……とやっていくと五世代目にゃ人数は全部で三千人を超えるんだ」

「え？　嘘だろ」

「マジだ。七世代目だと七万八千人、九世代目だと百九十五万三千人だ。江戸にどれだけ人間が多いといっても、武家や赤ん坊、女、こどもも入れて百万人ぐらいだ。あっというまに足らなくなっちまう」

「そ、そうかなあ。江戸にゃいくらでもひとがいるような……」

「それがこの騙りの落とし穴なんだ。五人の子方ぐらいすぐに集まりそうな気がするが、本当はそうはいかねえ。江戸が満杯になったら京だ大坂だって手を広げても、すぐに日本中が『天下一金満講』の講中で一杯になっちまう。そんななかで、もしおめえの子方の支払いが滞っても、おめえは毎月二分二朱を松公に支払い続けにゃならねえんだぜ。そんなことがいつまで続くと思う？」

「ぶるぶるぶる……たしかに詐欺だな」

「やっと目が覚めてくれたか。こいつはネズミ算ってやつで、永遠に講中が増え続ける、と思わせておいて、実ぁいちばん上にいるもんだけがボロ儲けするってえ趣向なのさ」

「ど、どうすりゃいい」

「この仕組みから出ていきゃいいんだ。下のものからも金をもらわねえ代わりに、松公にも金を払わねえ。そう宣言するんだ」

「松公が怒るかもしれねえ。下の連中も困るだろう」

「それは仕方ねえ」

「松公は、俺が金を払わなくても、上のやつには払わないとならねえだろう。迷惑がかかる……」

「講に入ったとき、証文みてえなものを巻いたのか？」

「ああ……たとえ下のものからの払いがとどこおっても、毎月かならずうえのものに金を払う……もしそれができないときは自腹で弁済し、それもかなわぬときはどんな咎めを受けても文句は言わない、とか書いてあった」

「ヤクザの証文だな。――その証文はどこにある？　それを取り返して破っちまえばいい」

「わかんねえ……たぶん『天下一金満講』の本山にあるんじゃねえのかな」

「それは……どこだ」

新公は、げっそりした顔つきでかぶりを振り、

「けどよ、金さん……これって首くくるやつらがたんと出るぜ」

「ああ……そういうことさ」

金さんの目は険しかった。

◇

奉行所に戻ると尾田仏馬が出仕していた。華彦が秘蒙曼荼羅寺での出来事を報告すると、

「面白い！」

仏馬は両手を叩き合わせ、

「その寺にはなにか厄介ごとがあるようだな。頼豪阿闍梨の昔から、寺にネズミの害はつきものゆえ、良い寺ほどよき猫を飼う、と言われている。それが、飼っていたのに今はいない、とはどういうことだ。面白いではないか」

「そうですかね……。ま、まさか、旧鼠に噛み殺された、とか……」

華彦が血相を変えると、

「ありうることだな。――おまえは鉄鼠について学んだか」

「はい。無辺さんの本を読ませていただきました……」

八百年ほどまえの平安の御世、どうしても跡継ぎの男児が欲しかった白河《しらかわ》天皇は、天台宗三井寺の頼豪阿闍梨に「恩賞望みに任す」との条件で加持祈禱《かじきとう》を依頼した。頼豪の必死の祈禱の甲斐あってか、無事に男児が誕生し、喜ぶ天皇に頼豪は、三井

寺に戒壇院《かいだんいん》を建立したいと願い出た。しかし、天皇は比叡山延暦寺《ひえいざんえんりやくじ》への遠慮からその願いを退けた。怒った頼豪阿闍梨は、生まれた男児（敦文親王）を呪詛するための断食をはじめた。そして頼豪は断食開始から百日の後に死去し、敦文親王も幼くして死亡した。

その後も頼豪の怨念は失せることなくこの世にとどまり、ついには石の身体と鉄の牙を持つ巨大なネズミの怪となって延暦寺に入り込み、眷属のネズミたち八万四千匹とともに経典や仏像を齧りまくったという。

「跡継ぎが欲しいからといって、どんな望みでも叶えてやる、とおっしゃった天皇も、食を絶って死ぬことで皇子を呪い殺した頼豪も凄いですね。ひとの一念というのは恐ろしいです」

「そういうことだ。どんなに身分の高い人物でも、修行を積んだ高徳の僧でも、欲望や怨念によってあっという間に人間から獣へと堕ちてしまう。——我々も気をつけねばならぬ」

「はい……」

「秘蔓曼荼羅寺に潜り込むための手立ては思いついたか」

「それなんですが、もし今あの寺に猫がいないのが本当だとしたら、ネズミをよく捕る猫がいるからそれを貸してやる、と言えばなんとか入り込めるのではないでしょうか」

「なるほど。よう思いついた。なれど、奉行所から来た、と言ったのでは拒まれるだろう」

「そこで、こんなことを思いつきました」

華彦は、先日会った笛吹き男のことを皆に話した。無辺左門が苦笑いして、

「さすがぁ江戸だ。いろんな商売を考えるもんだぜ」

尾田仏馬が、

「笛吹き男か。それは西洋でいうところのパイドパイパーというやつだな」

華彦が、

「なんです、そのパイノパイノパイとかいうのは……」

「パイドパイパーだ。その昔、西欧のある国のある町でネズミが増えて皆を困らせていた。そこに現れたのは笛を持った男で、金をくれるならネズミを根こそぎにしてやる、と言う。ネズミの害に困り果てていた町のものたちが一も二もなく承諾すると、男は街頭で笛を吹いた。すると何万というネズミが集まってきて男を先頭に行進をはじめた。男は川のなかに入っていき、ついていったネズミはすべて溺れ死んだ」

「へえ……それはすごい。あいつもその術の心得がある、ということですかね？」

「話にはまだ続きがある。町のものたちはパイドパイパーに金を払うのが惜しくなり、約束を違えた。怒った笛吹き男がふたたび笛を吹くと、町中のこどもたち

百三十人が男のあとについていき、二度と戻らなかった。たぶんおまえが会った笛吹き男は、その西洋の言い伝えをどこかで聞きかじって、商売につなげたのだろう」

華彦は、尾田仏馬の博識なことに驚いた。

「なので、その男に一役買ってもらおうと思っております」

「よい思案だ。——魂……おい、魂」

仏馬が呼ぶと、部屋の隅で物憂げに蚤を取っていた黒猫の魂が顔を上げ、

「みゃう」

と鳴いた。

「おまえの出番が来たようだ。逆勢と一緒に行ってやれ」

全身真っ黒の魂は胡散臭げに華彦を見やると、ぷい、と顔を横に向け、そのまま石段を上がっていった。

「あれは……どういうことでしょうか」

華彦が言うと左門は笑いながら、

「しかたねえ、ついてきな……ってとこかな」

華彦はムッとして、

「おい、魂、人間を馬鹿にするなよ！　どっちが主人だかわかってるのか」

魂は振り向くと、

「ギャオアッ！」

爪を立てて目を剝いたので、華彦は数歩後ずさりして、

「では……今回はあなたが主人ということで……」

魂は「ふん！」と鼻を鳴らし、ふたたび段を上っていく。人間の華彦はそのあとをとぼとぼとついていった。

◇

猫を抱えた華彦はまず、寺にではなく神田へと向かった。

（たしか白壁町と言っていたな……）

笛吹き男の家はすぐにわかった。長屋の戸のまえに例の「日本一　鼠害退散　笛吹き男　無鼠中斎」という幟が掲げられていて、遠くからもよく見えたからだ。

「中斎はいるか」

声をかけると、

「へいっ、ネズミ退治ですかい？　毎度ありい！」

間髪を容れず応《いら》えがあった。戸を開けるとネズミ色の着物を着た中斎がなにやら小さな団子のようなものを丸め、それを竹の皮のうえに並べている。

「あれ？　どこかで見かけた顔のお侍さんだね。もしかしたら八丁堀の旦那で？」

「そうだ。何日かまえに道で会うたときに、神田白壁町の無鼠中斎と名乗っていた

のを覚えていたんだ」

「へへへ……そりゃどうも。——で、ネズミが出るのはお屋敷ですかい？　それとも町奉行所で？」

「そうではない。秘蒙曼荼羅寺という寺院だ。毎夜ネズミが出ては経文を齧ったりするらしい」

「お寺にネズミは大敵だ。ようがす、一丁やっつけやしょう。ただし、建物が大きいとそれなりにお代の方も張りますんで、そこんとこはよろしく」

「建物が大きかろうと小さかろうと、どうせ笛を吹いてネズミを集めればいいのだろう？　手間は変わらんはずだ」

「いえいえ、とんでもない。この毒団子をネズミの巣のまえや通り道なんぞに順序よく仕掛けていくだけでもたいへんな手間なんでさあ」

　そう言って中斎は丸めている団子を華彦に見せた。

「どうして毒団子がいる。おまえはパイノパイパーだろう？」

「なんです、そのパッパラパーてのは？」

「知らんのか。笛吹き男という意味の西洋の言葉だ。笛吹き男なら毒団子など使わずとも、笛でネズミをおびき寄せて川で溺れさせればいいじゃないか」

「へへへへへ……それはほかのネズミ退治より目立つためのあっしの宣伝文句でね、西洋でそういうやつがいた、ってのを小耳に挟んだんで使わせてもらってるだけなんで……。ほんとは唐人笛なんか吹いてもネズミはおろかアブラムシも寄ってきませんぜ。一応、仕事をはじめるまえにはもっともらしく笛は吹きやすが、あとは地道に毒団子を仕掛けてまわるのがあっしの仕事なんです」

　華彦はがっかりした。

「では、唐人笛も笛吹き男という名前もこけおどしか？」

「こけおどしはひでえね。でも、まあ……そういうことかな。どんな商売でも、よそとおんなじにしてちゃあ客は来ませんぜ。それに、笛を吹いただけでネズミがみんなくっついてくるなら、そんな楽な商売はねえや。華やかに見える笛吹き男の裏側は、こうして一日中毒団子を練り、丸めるという地味な仕事が支えているってわけでさあ」

　華彦はため息をついた。この男を寺に連れていって笛を吹かせればたちまち一件落着……という彼の目論見は潰えたようだ。

「おい、中斎。そういうことならばこちらも腹を割って話そう。じつはその寺に出るネズミというのがただのネズミじゃない。化け物ネズミらしいんだ」

「あっはっはっはっ……旦那も真面目な顔で冗談を言いますね。あっしも長いことこの商売してやすが、ネズミが化けて出たことは一度もねえ」

「それがあるんだ。私はわけあってその寺の小坊主から化けネズミ退治を頼まれたんだが、ネズミが出るときにはどういうわけか笛の音が聞こえる、というんだ」

「へえー、あっしみてえな笛吹き男はほかにはいねえと思うが……まさか化け物ネズミが笛を吹いてるんじゃねえでしょうね」

人間ほどもある大ネズミが後足で立ち上がり、笛を吹いている図を思い浮かべて華彦の歯はかちかちと鳴った。

「ネズミは笛を吹けないだろう」

「わかりやせんぜ。笛とよく似た鳴き声を立てているのかもしれねえ。なにしろ化け物だ」

「そ、そうだな……」

華彦は咳払いして、

「その寺の責任者は、町方役人が寺に入り込むことをよしと思っていないんだ。正面切って頼み込んでも門前払いを受ける。そこで、中斎、おまえがその寺のネズミ退治を請け合う、ということにして、私がおまえの弟子の町人という触れ込みで寺に潜入……というだんどりでどうだ」

「どうだ、と言われてもなんのことだか……。経緯《いきさつ》がさっぱりわかんねえ。そこまでしてネズミ退治をしたいもんですかねえ」

「したいんだろうな。とにかく、あの寺にはなにかあるんだ。私はそれを掘り出したい」

「……ですが、旦那が町方だとバレたらあっしもお咎めを受けるんですかね？」

「たぶんな」

「あの……お代はいくらいただけるんで」

「言っただろう。お上のお役目だ。タダでやれ」

「馬鹿馬鹿しい。そんなことタダで引き受ける馬鹿がいるけえ。旦那も、困ったからあっしのところに来たんでがしょ？　せめて十両ぐれえはもらわねえと引き合わねえ」

「十両？　私が欲しいよ。——いいか、中斎。引き受けないなら、おまえの笛はなんの効き目もないこけおどしで、笛吹き男どころかただの団子屋だと世間に吹聴してやる」

「汚ねえなあ！　だから役人は嫌えなんだよ」

　中斎は吐き捨てるように言った。

「なんとでも言え。こっちもいろいろ切羽詰まってるんだ」

　そのとき、華彦の手のなかで魂が「にゃーぐ」と鳴いた。

「旦那、その猫は……？」

「ああ、その寺には今は猫はいない、と聞いてな、なにかの足しになるかと思って連れてきた。ただの駄猫だ。気にするな」

　その瞬間、魂は華彦の親指にがぶりと噛みついた。

「しょえーっ！」

華彦は涙をこぼしながら親指を振ったが魂は離れない。

「さっきから見てると、その猫、たいした面構えですぜ。旦那よかずっと頼りになりそうだ。ぜひ連れていきやしょう」

「やっぱりネズミ退治に猫は効き目があるのか」

「そりゃなんと言ってもネズミには猫。ネズミは、笛吹き男なんかよりずっと猫を怖がります」

ということは、猫を食っていたという旧鼠はよほど恐ろしい化け物だということだ。

「じゃあ、そろそろ行こう。うまく頼むよ」

「旦那……十両とは言いません。いくらか払ってくれるんでしょうね」

「ああ……たぶんな」

「たぶんじゃ困るんです。こっちも商売……」

「私だって商売だ」

華彦は咄嗟にそう答えたが、その答はたしかにあまりに理不尽だ、と自分でも思った。

◇

「華呑さま……先ほど町方の同心が参りました」

「なにい？」

　分厚い敷物のうえに胡坐《あぐら》をかいた大男は、太い眉を寄せると、

「ことが露見したのではあるまいな」

「いえ……この寺に妖しい鳥が憑いているのを追い払ってやったから安堵しろ、とかわけのわからぬことを申したあと、帰りました」

「なんじゃ、それは……」

「見えぬところでカラスかなにかの群れが騒いでいてうるさいので、だれかが自身番に知らせたらしゅうございます」

「なんだ……ニワトリを飼うておることがバレたかと思うたわい……」

「間抜けそうな男でございましたゆえ、心配はいらぬか、と……」

「まあよい。いずれにしても、そろそろ潮時だな。講も破綻しかけておる」

「はじめからわかっていたことではありますけどね」

「しばらくは、金が払えぬものたちには、借金をしてでも払え、と脅すのだ。証文はわしの手にある。当面は、無理矢理金を工面するだろうが、そのうちにそれもできなくなる。そうなったらわしらは手を引く。絞れるだけ絞って、あとは野となれ山となれだ」

「すばらしいお知恵ですな。文殊菩薩《もんじゅぼさつ》も顔負けです」

「ふふふ……寺には町方は踏み込めぬ。坊主丸儲けとはこのことだな。——おまえたちも今が働きどきだ。寝る間を惜しんで取り立てに走り回れ。近々また、吉原で良い目を見せてやる」

崋呑と呼ばれた僧はにんまりと笑った。壁にゆらゆらと映る彼の影が一瞬不気味にゆらいだ。

◇

ネズミに米をかじられた
ネズミにネギをかじられた
ネズミに赤子をかじられた
押し入れ開けりゃネズミ千匹
たちまちあふれる厄介者
ネズミを家から追い出したい
そんなお方にご朗報
笛吹き男にお任せを

ネズミ色の頭巾にネズミ色の着物、ネズミ色の前掛けを締めたふたりの若い男が大通りを練り歩いている。先頭に立っている方が唐人笛を吹き鳴らし、後ろからついていく方が歌を歌っている。しかし、後ろの男の歌声は小さく、なにを言っているのかわからない。

「おい、もっとしっかり歌わねえか。まるで聞こえやしねえぜ！」

立ち止まって振り返ったのは笛吹き男の中斎である。

「そう言われても……ひとなかで声というのは出ないもんだなあ」

応えたのは華彦である。頭巾で顔を包んでいるからほとんど見えないが、じつは町人髷に結い直している。頭巾にはネズミを真似た丸くて大きな耳までついている。

「腹に力を入れねえからだ。さあ、歌の続きだ」

「偉そうに言うな。私は八丁堀の同心だぞ」

「さっきまではそうだが、今はあっしの弟子だ。師匠の言いつけを守らねえと破門にするぜ」

「この野郎……一件が解決したらただではおかんぞ」

「なにか言ったか」

「いえ……師匠」

「それでいい。――さあ、歌え」

「ネズミに～米を～かじられた～」

「小さい！」

「ネズミに〜米を〜」

「まだまだ！」

「ネズミに〜」

そのときひとりの男が背後からツーと近づいてきて、

「旦那……旦那、なにやってんすか」

下足吉である。どこからどう見ても岡っ引きにしか見えない拵えの下足吉に往来で話しかけられてはまずい。華彦は、中斎にゆっくり先に行くよう命じると、下足吉を連れて路地へ入った。

「ずいぶん捜しましたぜ。まさかネズミの格好で歌ってるとは思わねえもんな」

「うるさい。これも御用のためなんだ」

「いえ、なかなか似合ってやすよ」

うれしくない。

「今からネズミ退治に成りすまして寺に乗り込むところだ。――なにかわかったか」

「そりゃちょうどよかった。旦那のお耳に入れておきたいことがいろいろでてきやした。あの寺はなんやかやとごちゃついてますぜ」

「ほう……」

下足吉が秘蒙曼荼羅寺の界隈の聞き込みを重ねて得た情報は、つぎのようなものだった。

秘蒙曼荼羅寺派はもともと山門派（延暦寺派）から分かれたものだが、天台宗のなかでも他派とは違った独自性があり、近年もそれなりの勢力を保っていた。しかし、現在の貫首《かんしゅ》宝巖和尚の代になって教理や修行法などの見直しが行われ、飛躍的な発展を遂げた。

宝巖和尚はかつては本草学や医学を学んだ学者だったが、中年を過ぎてから出家し、修行に励んだ。天賦の才があったものかみるみる位が上がり、ついには貫首にまでのぼり詰めたのだ。天台密教に本草学の考えを取り入れ、わかりやすく教えを説く、という宝巖和尚のやり方は多くの善男善女に受け入れられ、和尚の代になってから信徒は数倍に増えたという。

そんな宝巖和尚だが、昨年から病の床に就き、枕が上がらぬ状態なのだ。弟子への説法もやめ、大名や旗本、大商人などの有力な檀家の訪問も弟子に任せている。自室からはほとんど出てこないという。そして、浮上したのが後継者の問題であった。

秘蒙曼荼羅寺派の後継者候補はふたり。ひとりは、叩き上げの修行者で修験道にも造詣深い華呑《げどん》という僧。雲突くような大男で、肩幅も広く、腕も太く、筋肉が瘤《こぶ》になって盛り上がっている。薙刀術や棒術にも長けており、まるで弁慶のようだ、というので、「武蔵坊《むさしぼう》」という仇名で呼ぶものもいるほどだが、本人はあまり気に入っていないらしい。その理由は、

「弁慶は牛若の家来だ。わしはひとの従者で終わるような男《おのこ》ではない」

からだそうだ。豪快な言動ばかりが目を惹くが、膂力《りょりょく》だけでなく知性も優れており、古今のさまざまな書物にも通じ、かつては長崎にある天台宗の寺で中国からの渡来僧から教えを受けたこともある。宝巖和尚の弟子のなかでは筆頭の地位にあり、病床の師に代わり、阿闍梨として弟子たちの指導にも当たっている。その圧倒的な存在感と手腕から大勢の弟子たちの支持を集めている。

もうひとりは、まだ二十四と年若だが、真摯な修行態度と天性の直観力によってめきめきと僧堂内での地位を上げてきている桃那という僧。崋呑とは対照的に、ほっそりした身体つきで、言葉遣いも穏やかである。つねにひとの後に立ち、謙虚な姿勢を崩さないが、経典の解釈などに非凡な才を発揮するうえ、ものごとの本質を見抜く独特の洞察力は、生まれ持ったもののようだ。しかも、ひと知れず厳しい修行を積んでおり、自己に厳しく他人に優しい人柄を慕う僧も増えている。

桃那は現在、諸先達を抑えて、総学頭という崋呑に続く第二位の地位におり、このふたりが宝巖和尚の跡目を争っているのだという。

「なるほど……清浄な坊主の世界にも生臭いことはあるもんだなあ」

「はじめはつらい修行に耐えて良い坊さんを目指すんでしょうが、金と名誉のある場所にいるとだんだん腐っていきますからね」

下足吉はなおも続けた。

「金と言えば、崋呑はうなるほど金を持っているそうでやんす。趣味も多くて、高い茶道具を集めたり、着物道楽をしてみたり、食うものも贅沢で、ここだけの話、吉原で隠れ遊びをしたり……」

「なにからなにまでやらかしてるなあ。あとは住職の地位が手に入れば完璧、か……。桃那の方はどうだ？」

「おとなしいもんだ。趣味といっても、笛を吹くことぐらいでさあ」

「笛ねえ……笛か……」

　華彦は腕組みをした。化けネズミが現れるときに笛が聞こえるという話がどうも引っかかるのだ。

「崋呑と桃那の仲は険悪なのか？」

「どうやら崋呑の方が一方的に桃那を退けようとしているみたいでやんすね……」

　下足吉の話によると、崋呑はかつては高潔な人格で皆に慕われていたのだが、一年ほどまえから急に、

「宝巖師の跡を継ぐのはわししかおらぬ。昨日今日入門したばかりの下っ端の若造なぞに継げるわけがない」

　と公言しだし、みずからが後継者にふさわしい、と皆に印象付けようとしているが、桃那はなにも言わず、ひたすらおのれの修行に打ち込むばかりだという。その清々しく潔い態度に惹かれ、崋呑派から桃那派に鞍替えする僧たちも多い。崋呑は

そんな動きを牽制しようと、桃那を誹謗したり、桃那派の僧に嫌がらせをしたりしているらしい。

「化け物ネズミの話は耳にしなかったか？」

「そいつぁ聞かなかったなあ。――旦那、あの小僧の言ったことを信じてるんでやんすか？」

「まあ……いないことを願ってはいるが……」

「そんなものいるわけありやせんよ。でも、あの雪海って小坊主は近所でも絵が上手いって評判のようですね」

「ふーん……」

「まあ、外からわかるのはこのぐらいでね、あとは旦那がご自分の目で……」

「そうだな。今からなかから見ることになるわけだ」

引き続き探ってくれ、それと何日か帰れないことを屋敷の方に伝えておいてほしい、と下足吉に言い残して、華彦はふたたび中斎と合流した。そして、笛吹き男の宣伝歌を歌いながら秘蒙曼荼羅寺へと向かった。

◇

「ネズミ退治の笛吹き男？」

番僧は首を傾げた。さいわいにも先刻とは違った僧である。

「へい、こちらさんではネズミでお困りじゃござんせんか？　もし、そうならあっしにお任せあれ。どんなにひでえ鼠害でもたちどころに解消いたしやす」

番僧は中斎の風体を頭の先から足の先までなめるように見ると、

「どんな風にネズミを追い払うのだ」

「そこはそれ、商いの秘密ということで口外はできやせんが、その一端を明かしますとね、まずはネズミが出歩く道筋を見つけます。ネズミてえやつはだいたい毎晩同じ道筋を通って家内をうろつくものなんです。もちろん大きな寺でやすから、その道筋はひとつじゃねえ。いくつもあるはずだ。それを全部調べ上げたら、つぎはネズミの巣穴を見つけます。これも一か所とはかぎらねえ。壁のなかやら天井裏やら、あちこちにあることもある。見つけたらあっしが笛を吹く」

「笛を？　なんのために？」

「笛の音を聞くと、ネズミがつられて巣穴から出てくるんです。なにしろあっしはパイノパイパーですから」

「なんのことだ」

「なんでもいいんです。ネズミがみんな巣から出たら、その穴を塞いじまう。あとは煮るなり焼くなり、こっちの好きにすりゃいい、ってわけですよ」

「ふーむ……そんなに上手い具合にいくのか？」

「こちとら商売ですからね。――もちろん、念のために毒団子も仕掛けさせていただきやすが……こちらさんとしてはネズミがいなくなりゃなんだっていいんでしょ？」

「そりゃそうだ」

「あと、ネズミ捕りにかけちゃ右に出るもののねえっていう猫も連れてきてます。いかがでしょう、雇ってみちゃいただけやせんか」

「うーむ、そうだなあ。町方のものは絶対に寺へ入れるな、と崋呑阿闍梨さまはおっしゃったので、先刻、八丁堀の同心がネズミ退治を申し出てくれたときは断ったが、町人ならよいかもしれぬ。ネズミで困っていることは間違いないのでな。退治には何日ぐらいかかる？」

「いろいろ調べなきゃならねえんで、全部で四日ぐれえですかね」

「費えはいかほどだ」

「五両と言いてえところだが、お寺さんのことだし、四両に負けておきやしょう」

「四両か。――しばし待っておれ」

番僧はどこかへ相談に行ったあと、急いで戻ってきて、

「阿闍梨さまのお許しが出た。寝泊りは僧坊の一室を使え。食事は僧侶と同じものでよいな。では、わしについてまいれ」

「へえ」

中斎に続いて華彦も従おうとすると、

「こりゃ、待て。その方はなんだ」

しまった、バレたか……。華彦はネズミの耳がついた頭巾をぐいと引き下げた。

中斎があわてて、

「こいつはあっしの弟子でして、まだハンチクな見習いですが、どうしても人手がいるんで連れ歩いてやす。見てのとおりドジで間抜けな野郎なんで、お気に召さねえならこいつだけ帰らせやしょうか？」

番僧は華彦をじっと見つめていたが、

「たしかに間抜けそうだな。——かまわぬ、通れ」

「おい、おめえもいいってさ。お礼を申し上げねえか」

「か、かたじけ……ありがとうごぜえやす」

中斎は華彦の背中を思いきり叩くと、

「なにをもごもご言ってんだ。しゃんとしゃべらねえか！　すいやせんねえ、ドジで」

「ひとを使うのもたいへんだな」

「そうなんでさあ。——では、行ってめえりやす」

こうして華彦たちは無事、秘蒙曼荼羅寺に入り込むことができたのである。

「ドジで間抜けはひどいだろう！」

ひと気がなくなったところで華彦が文句を言うと、

「ああでも言わねえと怪しまれちまう。仕方なかったのさ」

中斎はしれっとしてそう言った。

番僧によって主だった寺のものに紹介されたあと、ふたりは寺での暮らしを仕切っている僧から、

「決められた場所のほかは入ってはならぬぞ。寺には俗人がみだりに見たり触れたりしてはならぬ神聖なものも置いてあるし、踏み込んではならぬ場所もあるゆえ……」

「わかりやした」

ふたりは僧坊の端にある二畳ほどの狭く汚い部屋に案内され、そこに荷物を置いた。魂は、部屋の隅に陣取って眠そうに目を閉じた。

「これからどうするんだ」

華彦がきくと中斎は、

「さっきも言っただろ。ネズミの巣と道筋を調べるんだ」

「まことに笛を吹いたらネズミが巣から出てくるのか？」

「これもまえに言ったよね。笛吹いたらネズミがついてくる……なんてわけねえだろう。笛はただの飾りもの。ほんとはこいつに……」

中斎はもぐさのような乾燥した植物塊を取り出し、

「火をつけて、この竹筒で煙を巣穴に吹き込んで燻すんだ。きちんと目張りをしておけば、巣のなかは煙でいっぺえになる。ネズミは我慢できなくなって外へ飛び出すって寸法よ。そのときに笛を吹いたら、笛につられて出てきたように見えるだろ？」

「ああ、なるほど」

「ネズミが全部外に出たらすかさず穴をふさぐ。そして、要所要所に特製の『日本一の毒団子』を配置する。たくさん置けばいいってもんじゃねえよ」

「どうして？」

「そんなことをしたらネズミが用心するだろうが。あれでも頭のいい生きものなんだぜ」

「…………」

「多過ぎず少なすぎないぴったりの量の団子を置いたら、あとは隠れて様子を見る。巣に帰ることができず、ネズミたちはだんだん飢えてくる。我慢できずに毒団子を食べる。そして、みんなコロリ……というわけさ」

「ふーむ、道によって賢し、というがまったくだな。どんな商売でもなかなかむずかしいもんだ」

「そうさ、馬鹿じゃできねえんだぜ」

中斎が胸を張ったとき、

「お邪魔します……」

小さな声が聞こえたので襖を開けると、小坊主の雪海が廊下に座っていた。

「おお、雪海。入ってくれ」

雪海はこそこそ入室するとすぐに襖を閉めた。

「ようこそいらっしゃいました。私のような小僧の言うことをまともに聞いてくださって、ありがとうございました」

雪海はそう言って頭を下げた。華彦は雪海を中斎に紹介すると、

「今夜からネズミ退治にかかるんだが、私が調べたところによると、この寺には跡目争いがあるらしいな」

「――はい。恥ずかしながら……」

雪海が言うには、先日も桃那派の僧ふたりが、

「崋呑阿闍梨がこの寺を継いだら、風紀がますます乱れ、下のものは自由に息ができなくなる。桃那殿が宝巖師の後継となれば、秘蒙曼荼羅寺はますます発展するに違いない」

と話し合っているのを耳にした崋呑阿闍梨はふたりの僧に向かって、

「桃那をこの寺の住職にするというのか。うははは……この寺を潰すつもりか！」

と言い放った。

「総学頭さまは阿闍梨さまと違って謙譲の心がおありです」

「謙譲だと？　力がないから誇示できぬだけだ。あやつはまだ卵の殻を尻につけたひよっこだ。分相応にしておるがよかろう。あやつがわしに取って代わるなど百年、いや、千年早いわ」

「あなたに取って代わるぐらい、だれでもできますよ」

「なに？　もう一度言うてみろ」

「何度でも申しますよ。あなたはこの寺の和尚の器ではない」

崋呑は、ふたりの僧を殴り飛ばした。ひとりは頬骨を骨折し、もうひとりは肋骨を折った。以来、恐ろしくてだれも崋呑を批判しなくなった……。

「めちゃくちゃだなあ。跡継ぎを決めるのは宝巖和尚なんだろう？　肝心の宝巖和尚はなんと言ってるんだ？」

華彦が言うと、小坊主はかぶりを振り、

「和尚さまがなにをお考えかは私のようなものにはわかりません。和尚さまは、どの弟子もひとまえでひいきするようなことはありません。ですが……和尚さまは日頃とても桃那さまをかわいがっておられて、なにかにつけてご相談なさいます。桃那さまのことを高く買っておられるのは私たちにもわかります」

「崋呑についてはどうだ」

雪海は声を潜め、

「寺を差配していく手腕はお認めだと思います。でも……お人柄については……以前はご立派でございましたが……」

そこで言葉を切り、

「あとは小坊主の口からは申せません」

「おまえは崋呑の命で寝ずの番をしているのだろう？　どちら側に与している？」

「私ごとき下っ端に、与するもしないもありませんが、崋呑阿闍梨さまは今、この寺のすべてを仕切っておられるお方ですので、その言いつけに従っております」

聞きようによっては、権力者の言うことだから従っているだけだ、とも受け取れる。こどもながら精一杯の皮肉を込めたつもりかもしれない。

「番僧のひとりに聞いたんだが、この寺には今は猫はいないそうだな。ネズミの害を防ぐために寺方では猫を飼うもの、と聞いたが……」

「あ、その話をするのを忘れてました。うちにも何匹か猫がいたのですが……」

雪海は少し顔を曇らせて、

「近頃になってみんな、つぎつぎ死んでしまいました」

「ほう？　どうして？　悪い餌にでも当たったのか？」

「わからないんです。でも……」

「でも？」

雪海は少し考えたあと、

「毒を盛られたのかも……」

「なにい？」

華彦が血相を変えたので雪海は顔をこわばらせ、

「わかんないです。そうかも知れない、と……これは小僧たちのあいだで言い合っているだけのことで……」

「どうして毒を盛られた、と思うようになったんだ」

「だって、傷らしい傷が見当たらないんです。昼間めちゃくちゃ元気だったのに夜になって急に死ぬなんておかしくないですか。どの猫もそうで……とうとう一匹もいなくなってしまいました。ですから、連れてきていただいたその猫も気を付けてあげてください」

「そ、そうだな……」

華彦は思わず魂に目をやったが、

「みいやおう……」

魂は動ずることなく、

「気にすんなよ」

と言っているかのような顔をしていた。

「おまえは今夜も寝ずの番をするのか」

「はい……」

雪海はげっそりした顔つきでうなずいた。よほど寝不足らしく、目の下に隈ができている。

「我々も夜になったら仕事にかかるつもりだ。また、あとでな」

「はい……」

雪海はそう応えたものの立ち去ろうとしない。

「どうした？　まだなにか言いたいことがあるなら言ってみろ」

「あ……いや……なにもありません。失礼しました」

雪海は顔を伏せたまま部屋を出ていった。

やがて食事の時間になった。麦飯と塩味の汁、大根葉のお浸しという献立で、冷えて固くなった麦飯はもそもそして喉を通りにくかった。

「この寺の坊主は皆これを食べているのか」

給仕の僧にきくと、

「もちろんです。全員同じ献立です」

「崋呑阿闍梨も？」

「阿闍梨さまは違います。品数も多く、飯も米の飯です」

「どうしてだ」

「それは……阿闍梨さまのご希望で……」

「皆が平等のはずだろう。文句は出ないのか」

「へへへ……それはその……いろいろとあるんです」

給仕の僧はもごもご言っていたが、そのうちどこかへ行ってしまった。飯を食べ終えた華彦は、茶をがぶがぶ飲んだ。お代わりはできなかったので、そうでもしないと腹が減って仕方がなかったのだ。

「そろそろ行くぞ」

部屋に戻ってぼーっとしていると、中斎が言った。華彦は立ち上がった。すでに夜も更けており、朝の早い僧たちはほとんどが僧堂ですでに眠りについていた。起きているのは夜回りの当番に当たっている僧と、あとは雪海など寝ずの番をさせられている小坊主だけだ。

手燭を持ったふたりはまず、雪海がいるはずの経蔵に向かった。なかに入るとそこは広い部屋で、片側の壁が天井まですべて棚になっており、そこに頑丈そうな木の蓋が取り付けられている。その蓋に「阿弥陀経」などと経文の名が記されている。

「すごいな。何千巻あるんだろう……」

なかなかの壮観である。

「よくぞお越しくださいました」

さっそく雪海が寄ってきた。眠そうに目をこすっている。

「なにごともないか？」

「はい。今夜は今のところはなにも……」

「たいへんな数が収蔵されているみたいだな。何巻あるんだ？」

「何万巻でしょうね、よく知りませんが……」

「でも、こんなにしっかりと蓋をしてあるのだから、ネズミが引くことはできまい」

「それが引くんです。なにしろ化けネズミですから」

化けネズミという言葉に華彦はそっと周囲を見渡した。なんの物音も聞こえてこない。華彦はなんとなく腹立たしく、棚の蓋を外して、なかの経を見ようとした。

「ちょっとやめてください。修行を積んでいないものが神聖なお経を見たら目がつぶれる、と崋呑阿闍梨さまがおっしゃっていました」

華彦は内心ドン引きしたが、なおも強がって、

「なーに、私は剣術の修行を積んでいるから大丈夫だ」

「ダメです。困ります」

あまりに真剣に言うので、

「わかった。今日のところはおまえの顔を立てて、やめておこう。——あとでまた来る」

華彦と中斎は、経蔵を皮切りに、だだっ広い寺のなかをひと部屋ずつ見て回った。中斎は専門家らしく、ネズミの巣穴がありそうな場所を検分しているが、華彦にはさっぱりわからない。

「あんまりネズミは多くなさそうだな」

中斎は言った。

「糞も落ちてねえし、柱や敷居に齧りあとがほとんどねえ」

しかし、華彦はそれどころではなかった。大きな寺が発する「夜気」とでもいうのか、深々とした気配のせいで、またしても臆病風が彼のまわりを吹きまくりはじめたのだ。灯りは燭台が醸すほんのわずかなものだけだ。暗闇に目を凝らしつつじりじり進んでいくと、そこにはないものが見えるようになる。柱の影が両手を掲げた大入道に思えたり、垂れ下がった蜘蛛の巣が「天井下がり」という妖怪に思えたり、仏像が魔物に思えたり……。そのたびに「きゃっ」「ひっ」「ふわっ」……などと声を上げるものだから、

「うるせえな。黙ってねえと、ネズミが逃げちまうよ」

と中斎に叱られることになる。

しばらくすると、行く手の廊下にひと影のようなものが見え、

「うわっ！」

と大声を発してしまった。

「今度はなんだよ」

半ば呆れながら中斎が言ったので、

「そ、そこに……ひと影みたいなものが見えます」

「あれはひと影みてえなもんじゃない。ひと影だよ」

「――え？」

「小坊主が座ってるのさ。たぶん夜番だろう」

その小坊主は華彦たちに気づくと立ち上がり、

「ここから先はお入りいただくことができません」

「どうして?」

華彦がきくと、

「ここは桃那さまの寝室です。今、お休みですので……」

「あ、そう。——おまえたちもたいへんだな。経文が諳られないための寝ずの番もいれば、うえのものがゆっくり眠れるための寝ずの番もいる」

「総学頭さまの番はやむをえないことなのです。これは……だれかに命じられたわけではなく、私たち小坊主が話し合って、勝手にやっているのです。総学頭さまは、そんなことはしなくともよい、とおっしゃるのですが……」

「ふーん……桃那というひとは小坊主にえらい人気なんだな」

「そりゃあお優しいし、ご立派だし、よくご修行なさるし……」

「でも、どうして番をしなきゃならないんだ」

「そ、それは……」

小坊主は口ごもった。

「言えないのか」

「はい」

「そうか……。じつは私たちはネズミ退治とは真っ赤な偽り。まことはこの寺でなにかよからぬ企みがなされているらしいので、それをつきとめるためにやってきた正義と真実のひとなのだ」

「おいおい、あっしらはそんなたいそうなもんじゃ……」

中斎が口を挟もうとするのを遮り、

「おまえたちが本当のことを言ってくれないと、我々も動けない。——どうだ、話してくれないか」

しかし、小坊主はかぶりを振った。

「うーん……おまえといい雪海といい、肝心のところで口が堅いな」

「雪海？　あいつは仕方ないんです。そもそもなにもかもあいつのせい……あいつが一番悪いんだから」

「雪海が一番悪い？　どういうことだ」

「雪海にきいてください」

あとは話そうとしない。

「坊主というのは頑固だな」

華彦はため息をついた。

「ここはもうほっといて、つぎのところに行こうぜ」

中斎がそう言ったとき、華彦の耳になにかが聞こえた。

（笛の……音？）

華彦の身体が凍り付いた。中斎が顔をしかめ、

「こりゃあたぶん……篠笛や能管じゃねえ。唐人笛みてえなもんだろうが、あっしのやつとはずいぶん違うな」

笛の音に交じって、どこからともなく布と布が擦れ合うような音が聞こえる。しゅ……しゅしゅしゅ……しゅ……というその音は華彦を総毛立たせた。魂が、その音の聞こえてくる方に向かって「がうっ」と背中を丸め、威嚇する仕草をした。華彦は笛の音に導かれるようにしてふらふらとまえに進み、襖に手をかけた。

「いけません！　そこは桃那さまの……」

止めようとする小坊主を無視して、華彦は襖を開いた。暗いなかから、ずるずるずる……というなにかを引きずるような物音が聞こえてくる。続いて、動物が走り回るような足音。こわばる身体を無理矢理動かして、華彦は燭台をぐいと突き出した。部屋の中央には布団が敷いてあり、だれかが寝ている。その枕元に目をやったとき、

「ひーああっ！」

華彦はあたりをはばからぬ悲鳴を上げた。

燭台のか細い灯りに浮かび上がったのは、明らかに「獣」だった。そして、それはネズミに酷似していた。ただ……その大きさは普通のネズミに比べて十倍以上も

あった。濃い灰色の毛で覆われ、小さな耳があるのがわかった。燭台の灯りが反射して、両眼が白く光っていた。大ネズミの姿が見えたのは一瞬だけで、それはしなやかに身をひるがえすと、暗闇に溶け込むように消え失せた。

「ひーあっ！　ひーあっ！　ひーあっ！」

悲鳴かなんだかわからないものを上げ続ける華彦を中斎はじろりとねめつけ、

「うるさい」

と一言言った。華彦は口を閉じた。

「たしかにネズミに見えたな。ただし……信じられないぐらいでかいやつだ」

「化けネズミですよ。まちがいない。やっぱりいたんだ……」

布団で寝ていた部屋の主がゆっくりと上体を起こし、

「どなたですか」

その人物が行灯を灯したので、ようやく周囲がよく見えるようになった。寝巻姿ではあるが﨟長けた雰囲気のその僧に向かって小坊主が礼拝したので、桃那という僧だとわかった。

「ネズミ退治に参りましたものでございます。お休みのところ申し訳ありません」

華彦がそう言うと、

「悲鳴のようなものが幾度も聞こえたが、あれはそなたでありましたか」

「も、申し訳ない……」

「いや、かまいませぬ。また、なにか出たのですか」

「はい……そのようで……」

華彦と中斎は部屋のなかを見てまわった。畳に行灯の油がこぼれていて、そこに足跡らしきものがついていた。中斎が、

「こいつぁネズミの足跡だ……」

と言った。華彦も覗き込んだが、松葉のようなその形はたしかにネズミの足跡だった。しかし、その大きさは通常のネズミのものよりも格段に大きいのだ。

(化けネズミはたしかにいる……)

華彦は、頼豪の故事を思い出して慄然とした。中斎が燭台を掲げながら、

「どこから入りやがったんだろうな……。む……ここの襖が少し開いてるぞ」

部屋の奥の襖が少しだけ開いていた。華彦は桃那に、

「総学頭の桃那さままでいらっしゃいますか」

「いかにも」

「今、笛を吹いておいででしたか?」

桃那はかすかにかぶりを振り、

「見てのとおりです。私は横になって眠っていました」

「ですよね。——なにか怪しいものを見かけましたか?」

「暗かったのでよくわかりませぬが……物音は聞こえました」

「ずるずるとものを引きずるような音となにかが走り回るような音だが、こうして灯りをつけてみるとなにも見当たらない。いつものことだ」

「どのような……？」

「心当たりはございますか」

桃那はなにか言いかけたが、

「いや……とりたててない」

「そうですか……。それではお気をつけてお休みください」

桃那は小坊主に、

「おまえも早う寝よ。私のことを気遣うてくれるのはありがたいが、身が持たぬぞ」

そう声をかけると、襖を閉めた。

「いったいなんだったたんだ」

中斎は首をかしげている。

「あのでかさじゃあ、毒団子が足りねえや。さっそく作らねえと……こいつぁ腕が鳴るぜ！」

どうやらネズミ退治屋としての誇りに火が点いたらしい。一旦部屋に戻るという中斎と別れ、雪海に問いただしたいことができた華彦は、ひとりで経蔵に向かった。

雪海は経蔵の壁にもたれ、大きな口を開けて居眠りをしていた。蠟燭も消えかけている。起こすのはかわいそうだったが、

「雪海……雪海！」

「えー……違うんです。化けネズミが出たのは私のせいでは……」

「雪海、起きろ！」

小坊主は手の甲でよだれを拭き、

「は、はい！　起きております！　眠ってなどおりませんよー！」

そう言いながら目をぱっちり開けた。その途端、

「うわあっ！」

と叫んで反対側の壁を指さした。華彦もそちらを見た。なんと、黒い影が棚のひとつから巻物を取り出そうとしているではないか。華彦は恐怖で足がすくみ、一歩も動けなかったが、雪海は必死でむしゃぶりついていった。しかし、黒い影はするりとかわし、なぜか華彦に向かって突進してきた。

「どひゃああっ、く、く、来るなあっ！」

暗くて、それが獣なのかなになのかもわからなかったが、腹部に衝撃を感じたつぎの瞬間、華彦は気を失っていた。

◇

「逆勢さま、ご無事でいらっしゃいますか」

紫がそう言った。

「もちろんです。私はネズミごときに負けはしません。すぐに片づけてしまいますのでしばらくお待ちください」

「たのもしいお言葉。ご武運をお祈りしております」

紫は華彦に近寄ると、その頬をぺろりとなめた。

「紫さん、なにをなさるのです」

しかし、紫は無言で華彦の頬をなめ続ける。

「む、紫さん、そんなことをしているところをひとに見られたら……勘違いされないものでもないというか……いや、私は勘違いされてもかまわないのですが……その……」

華彦は思い切って、

「あなたのお気持ちはよくわかりました。では……思い切って私も、お返しに……」

華彦が紫の頬をなめようと舌を突き出すと、

「ふぎやご！」

紫は目を剝いて、華彦の顔を引っ掻いた。

「痛っ！」

目が覚めたとき、華彦は布団に寝かされていた。うえからのぞきこんでいるのは魂だ。華彦の顔は唾でべとべとになっていた。手ぬぐいでそれを拭きながらかたわらを見ると、雪海がうなだれて座っていた。

「私はどれぐらい気絶していた？」

「半刻ほどです」

「寝ながらなにか言っていたか？」

「はい。紫さん……なめないで……とかなんとか」

「それはなんでもないのだ。忘れてくれ」

華彦は赤面して言った。

「それどころではないのです。またネズミが巻物を引きました。崋呑阿闍梨さまに叱られます」

「やはりネズミだったのか？　私は桃那殿の部屋でさっきネズミをかいま見たが、とてつもない大きさだった」

「正直、暗くてよく見えませんでした。寝不足で目もしょぼついていて……」

華彦は布団のうえに座り直し、

「どうして崋呑は自分の息のかかった僧に見張りをさせずに、おまえたち小坊主にやらせるのだ」

「崋呑さまが心を許しているお仲間衆は十五人ばかりおられますが、皆、ものすごく忙しいみたいです。一日中帳面付けをしたり、巻物を拵えたりして、寝る暇もなさそうです」

「それは、寺の仕事なのか？」

「わかりません。少なくともお経を書いたりしているわけではないようです」

「ふーむ……」

華彦は雪海に向かって、

「おまえはまだなにか隠しているようだな。なにもかもしゃべってくれないとお上としては手助けできない」

「………」

「私はおまえの……桃那殿の味方だ。信じてもらえぬなら、このまま帰る」

雪海はしばらく考えていたが、やがて意を決した様子で、

「わかりました。お話しいたしますが、なんの証拠もございません。私がそう思っているだけのこと、とご承知ください」

うなずいた華彦に雪海は言った。

「桃那さまに毒を盛ろう、としているものがいます」

「なにい？」

これは聞き捨てならない。

「総学頭さまの食事を、寺で飼っている犬が食べたのです。そうしたら急に具合が悪くなって、きりきりきり……と三度回って死にました」

「…………」

「あと、桃那さまの湯呑みにくっついていた緑色のものが気になったので、懐紙でこそぎ落として庭に置いておいたら、雀が食べて……死にました」

「うーん……」

「でも、その後、総学頭さまのお食事を私たち小坊主が毒見することにしてからは、そのようなことはなくなりました。でも、安心はできません」

「桃那はなにも言うていなかったが……」

「総学頭さまは、ひとに迷惑をかけたくないから、とご自分では黙っておいでなのです」

「だれがそんな恐ろしい真似を……」

「私の口からは申し上げられません。さっきも言ったとおり、証拠がないのですから」

　しかし、雪海が特定の人物を頭に思い描いていることは明らかだった。小坊主は華彦に向かって頭を下げ、

「お願いします。ここまで打ち明けたからには、どうしてもお力を貸していただきたいのです。さっきのネズミの化け物を見たでしょう？　きっと桃那さまを恨んでいるやつが、あの化けネズミを使って桃那さまを襲わせているのです。私たちの力ではこれ以上は無理です。どうかお奉行所の力で桃那さまを狙う悪者を召し捕って

ください……」

　雪海の両眼は涙で濡れていた。

「悪いが、お上はたしかな証拠もなくひとを召し捕ることはできない」

「え……そんな……？　桃那さまの味方だとおっしゃったではありませんか！」

「召し捕ることはできなくても、罪もないひとが殺されようとしているのを守ることはできる。今から奉行所に戻り、町方になにができるかを相談してくる」

「でも、そのあいだになにかあったら……」

「魂を置いていく。たぶん私より頼りになるはずだ」

「そうかもしれませんね。――わかりました。行ってらっしゃいませ」

　雪海があっさり納得したのには腹が立ったが、

（まあ、仕方ないな……）

　華彦は提灯を持って寺を出た。夜明けにはまだずいぶんと間がありそうだ。山門のところから石段を下りていく。早足なのは急いでいるからではなく、暗がりが怖いからである。寺の周辺はうえから重石を乗せたように静まり返り、前後左右からなにかが急に現れそうだった。

　ちょうど半ばまできたあたりで、華彦はふと立ち止まった。背後から嫌な気配を感じたのだ。振り返りたくはなかったがこわごわ身体をひねると、そこには山門の黒い影が巨人のようにそそり立っていた。

(なにもいないよな……)

華彦は目だけを動かして確認する。

(あれ……?)

松の木の陰でなにかが白く光った。華彦の足が震えはじめた。

(まさか……また寺つつきかも……!)

目を凝らすがよく見えない。このまま階段を走り下り、奉行所まで突っ走ってもいいのだが、寺つつきには羽がある。もし、彼を追いかけて奉行所までついてきたらどうする……。

(そうだ……呪だ!)

華彦は臍下丹田《へそしたたんでん》に力を入れ、精一杯の大声で怒鳴った。

「ンガーイ・ルルルラランシビリ・アーリヤン・ゲジラニヤベヤナ……」

だが、なにごとも起こらない。もう一度だ。今度はもっとでかい声で、

「ンガーイ! ルルルラランシビリ! アーリヤン! ゲジラニヤベヤナ……」

やはりなにも起きない。呪の文句を間違えたのだろうか……。華彦は乾いた唇をなめてから、

「ンガーイイイイ! ルルルラララン! シビリーッ!」

すると、松の木の陰から三人の僧が現れた。

「おまえはさっきからなにを言っておる!」

華彦はホッとして、

「なんだ……人間だったのか……」

「さきほど貴様が小坊主の雪海としゃべっておったのを隣室にて聞いておった。貴様、町奉行所の犬であったか」

「犬というか、ネズミ退治なんですけど……」

「雪海はすでにわれらの手のものが捕えた。貴様を奉行所に行かせるわけにはいかぬ。――死ね」

僧たちは刀を抜いていた。白い光はその刃が提灯の灯りに閃いたものだったようだ。

「年端もいかぬ小僧ひとりに大のおとなが寄ってたかってひどい仕打ちをするとは……それでも仏門に帰依するものたちか！」

「ほざけ！」

三人の僧は階段の上下に分かれ、華彦を挟み撃ちにするようにして白刃を向けた。華彦は刀はおろか十手も持っていない。

（これは……ヤバいかも……）

しかし、もう遅い。

「カアーッ！」

ひとりの僧がうえから飛び降りざま斬りかかってきた。僧、といっても大猿のような体軀で、その剣風は凄まじい。華彦は身体を沈めてかろうじて避けたが、彼より下段にいたふたりが同時に突進してきた。右側の僧の手首をつかんでひねり、刀を奪おうとしたが、予想以上に太い手首でびくともしない。

（しまった……）

華彦はその僧を突き放すと、もうひとりに向き直ったが、そのときすでに刀の切っ先が彼の前掛けを切り裂いていた。

「ひえっ！」

華彦は石段を踏み外し、三つほど下まで落ちた。当然、三人の僧はここぞとばかりに襲い掛かる。必死で応戦しようにも武器がない。

「くそっ、こうなったら呪文だ。ンガーイ・ルルルランシビリ・アーリヤン！」

僧のひとりが不思議そうに、

「そのわけのわからんやつはいったいなんなんだ」

彼らは気味悪く思ったのか、刀を振り上げたまま静止した。そのとき、

「待ちやがれ！」

飛び込んできたのは、

「金さん……！」

それは、遊び人の金さんだった。

「へへへ……あちこち調べていってこの寺に行きついたんだが、おめえが入り込ん

でたとは驚いたぜ」

「いや、まあ、その……」

金さんは僧たちに向かって、

「おうおうおう、てめえら坊主のくせにとんだ悪党どもだな。死んだら地獄、と言いてえが、生きたまま地獄へ堕ちやがれ！」

啖呵を切ると、手近にいた僧の鳩尾《みぞおち》を蹴飛ばし、呻いた相手の手首を手刀で叩き、刀を奪った。そして、彼よりうえにいた別の僧の肩目掛けて槍のように突き出した。その僧は体《たい》をかわそうとしてそのまま階段をごろごろと落ちていった。金さんは上下に目を配りながら、

「ビビリの旦那、あとは俺っちに任せて、奉行所に駆け込んでおくんねえ」

「だれがビビリの旦那だ。――寺で、雪海という小坊主がこいつらに捕まってる」

「わかった。じゃあ、またあとでな」

華彦はうなずき、階段を二段飛ばしで駆け下りはじめた。

◇

深夜だというのに、尾田組の部屋には尾田仏馬、無辺左門、旭日嶽宗右衛門、夜視が集まっていた。華彦の報告を聞いた旭日嶽が、

「こいつはまた、化けネズミを捕《とら》まえにいってとんだ一件を掘り出してきよったもんじゃわい」

感心したようにそう言った。夜視が、

「でも、化けネズミというのはマジでいるんでしょ？　笛の音も気になるし、桃那さんていう坊さんが毒を盛られかけた話もあるし……」

左門が、

「猫が何匹も死んでいるというのもやべえな。化けネズミが相手なら、魂も危ねえぜ」

旭日嶽が、

「とにかくその崋呑阿闍梨ちゅう野郎が黒幕に違いあるまい。尾田組の皆で寺に猛進し、山門から本堂の仏像までぶっ壊してやればよい！」

それまで腕組みをしてじっと話を聞いていた尾田仏馬は、

「そうはいかん。尾田組が法に関わりなく動けるのは、相手が物の怪だったときだけだ。そうでない件について北町奉行所として公に捕り物をしようと思ったら、証拠がなくてはかなわぬ。ことに、此度の一件は寺社奉行の管轄だ。下手をするとお頭と寺社奉行のあいだで揉めごとになるかもしれぬ」

皆は黙り込んだ。華彦も、

（まだ中途半端だったか……）

そう思って下を向いたとき、懐でなにかが突っ張っていることに気づいた。

「あれ……？」

手を入れてみると、棒のようなものが一本、差し込まれていた。そんなものを入れた覚えはない。取り出してみると、巻物である。

「なんだ、それは？」

左門が見とがめた。

「さあ……なんでしょう。経文を引こうとしたネズミだかなんだかが、なぜか私に向かって突進してきたんです。なにかがお腹にぶつかった感じがして、そのまま気絶してしまったんですが……もしかしたら、あのときこれをねじ込まれたのかも……」

そう言って華彦は巻物を仏馬に渡した。仏馬はそれを開き、すぐに顔を上げた。

「夜視……お頭を呼んでまいれ。寝ておられてもかまわぬ。尾田仏馬が火急の要件でお耳に入れたい儀あり、と申せ」

「は、はいっ」

夜視は跳ねるように石段を上がっていった。皆の興味は巻物の中身に集中した。

「なんです、それは」

旭日嶽の問いに仏馬は言った。

「『天下一金満講』の証文だ」

尾田組の部屋のか細い灯りのもとでその証文を読んでいた北町奉行遠山金四郎景元は、

「間違いないのう。これがその秘蒙曼荼羅寺の経蔵にあった、と申すか」

「はっ。おそらく何百何千巻と……」

華彦が言うと、

「寺の経文置き場ならば町方の目が届かぬと思うたのじゃな。寺院を隠れ蓑にした、かかる悪事は許されぬ」

金四郎は証文を握りつぶすと、

「わしは関わりのあるところにつなぎをつけるが、おまえたちは一刻も早うその寺に行くがよい。存分にやれ。――よいな」

「ははっ」

一同は頭を下げると、それぞれの支度に取り掛かった。

◇

◇

寺の根太が揺れた。

「なにごとじゃ。大地震《おおない》か？」

崋呑阿闍梨は半身を起こした。天井から木屑が落ちてくる。柱がかしぎ、壁土が剥落し、床板に亀裂が走る。手下の僧が、

「いえ……相撲取りです」

「――は？　なんと申した？」

「相撲取りが丸太で寺の門を壊しにかかっております」

「な、なに？」

崋呑は夜着を引っかけると、玄関に急いだ。たしかに門をかけて固く閉じた門が外側から打ち破られようとしている。ずん……ずん……ずん……という轟音とともに、分厚い木の門が少しずつ開きかけている。

「北町奉行所のもんじゃあっ。ここを開けい！」

銅鑼声が深夜の寺内に響き渡る。

「開けてはならんぞ！　食い止めよ！」

崋呑が叫んだ。手下の僧たち七、八人が身を挺して門を押さえにかかったが、

「どすこーいっ！」

の掛け声とともに門は半ば崩壊しながら左右に開き、僧侶たちは吹き飛んだ。塵が濛々と舞うなかに、巨大な丸太を引っさげた旭日嶽が仁王立ちしている。裸体に

回しを締めただけの姿だが、全身から滝のような汗が垂れ、真っ赤に染まったその肌からは湯気が立ち上っている。

「うおおおおっ！」

旭日嶽が丸太を振り回すと、さらにまた数人の僧が伸びてしまった。

「かかれ！」

仏馬与力の合図とともに左門と華彦、夜視が本堂に向かって駆け出した。なかから真っ先に飛び出してきたのは金さんだ。長脇差を抜き、後ろ手に雪海をかばいながら後ろ向きに下がってくる。

「この小僧を頼んだぜ」

金さんは雪海を仏馬に託すと、ふたたび本堂に入っていった。左門たちもあとに続く。僧兵のような格好をした僧たちが薙刀や鉄棒を手に押し寄せてきた。

「町方のものどもは寺に一歩たりとも入れぬぞ！」

「不浄役人めら、仏罰が怖くはないのか！」

左門がにやりと笑い、

「てめえら、畢呑とかいうやつの一味だろうが、もう証拠はすっくり上がっちまったんだ。寺社奉行阿部正弘《あべまさひろ》さまから北町がこの寺を詮議することのお許しももらってる。てめえらの親玉が『天下一金満講』の首謀だてえこともバレてるんだぜ。このままだとてめえたち、親玉もろとも三尺高え木のうえで軀をさらすことになるが、坊主としてそれでいいのかよ。ええ？」

僧たちは顔を見合わせたが、なかのひとりが、

「わ、わしは崋呑さまに脅されていいやいや手伝っただけなんだ。お慈悲をお願いいたす！」

持っていた薙刀を投げ出すと、その場に両手を突いた。ほかの僧たちも彼にならった。

「なんだいなんだい、張り合いがないったらありゃしない！」

夜視が柳眉《りゅうび》を吊り上げた。

「あとは親玉だな」

金さんがそう言うと、奥へ続く廊下を走り出した。

「よし、手分けして捜し出せ」

左門の言葉に華彦、旭日嶽と夜視もうなずいた。しばらくすると、見覚えのある場所に出た。桃那という僧の寝所近くである。いつのまにか華彦はひとりになっていた。手にしていた提灯が、蠟燭が尽きたらしく、ふっ、と消えた。鼻をつままれてもわからぬようなねっとりした闇があたりに落ちた。急に華彦は怖くなってきた。

(そうだ……この寺には化けネズミがいるんだった……)

崋呑一味を召し捕ることで高揚していた華彦はそのことをすっかり忘れていたのだ。廊下を戻ろうにも、暗くてどちらから来たのかわからない。仲間を呼ぼうと声

を上げようとしたとき、どこからともなく笛の音が聞こえてきた。華彦の足はすくんだ。

(よりによってこんなときに……)

そのとき、目のまえで襖が開き、なにかが飛び出してきた。

「どびゃあああっ!」

華彦は盛大に悲鳴を上げながら飛びすさった。

「あっしだよ。パイパイパーの中斎だよ!」

中斎は燭台の灯りを持ち上げた。華彦は胸を撫で下ろし、

「な、なんだ。脅かすな」

「なんだか騒々しいけど、なにがはじまったんだ?」

「北町奉行所の大捕り物だ。――今聞こえていた笛はおまえが吹いたんじゃないのか?」

「ちがうって。あっしの笛とは曲がまるでちがう。たぶんこいつは……天竺かどこかの曲だと思うね……」

「天竺だと……?」

華彦がそう言ったとき、

「ええいっ!」

鋭い声がして、奥の間から褐色の生きものがこちらに駆けてくるのが見えた。呆

然として動けずにいる華彦目掛けてその生きものは突進してくると、大きく跳躍した。

「うわわわわっ！」

叫びながら尻もちを搗いた華彦のうえをそれは駆け抜けていった。すぐあとから現れたのは桃那だった。蒼白な表情で、

「お役人衆か」

「な、な、なにかありましたか？」

「またしても笛の音が聞こえたので、目を覚まし、じっと身構えていると、私の布団のうえをなにかが這っていることに気づいた。私は枕刀を抜いて斬りつけたが、しくじった。すると、べつのなにかが走り込んできて、格闘するような騒がしい物音が聞こえはじめた。そして、そやつらが部屋を出ていったから私もこうしてあとに続いたのだが……」

「嘘ではありませんよね。あなたが笛を吹いていたのでは……？」

「誓ってそのようなことはない」

桃那がそう言ったとき、華彦の横合いから褐色の塊がびゅんと跳んだ。華彦は反射的に十手を打ち振った。短い耳、しなやかな胴体、長い毛に覆われた身体……それは以前にも見たあの化けネズミだった。化けネズミは廊下に降り立ち、華彦に向き直った。華彦が恐怖を押し殺しながら刀の柄に手を掛けたとき、

「そこまでじゃ」

突然、まばゆい提灯の灯りがあたりを照らした。提灯を持っているのは小坊主の雪海だ。その後ろに立っていたのは、寝巻き姿の老僧だった。隣に、槍を持った尾田仏馬もいる。老僧は、

「はじめてお目にかかる。愚僧はこの寺、秘蒙曼荼羅寺の当代住職、宝巖と申すもの。以後、お見知り置きくだされ」

桃那が深く礼をしたので、華彦もあわてて真似をして、

「ご病気だと聞いておりましたが……」

「うむ。病は多少良うなったが、弟子のなかでよからぬことを企んでおるものがおるようでな、その証《あかし》を得るために、床から離れられぬふりをしていたのじゃ」

桃那は目を丸くして、

「では、宝巖さまのお身体の具合は……」

「おかげで以前よりはずいぶんとましじゃ」

「それはようございました……」

桃那は涙を流している。宝巖は続けた。

「わが弟子に、世間の善男善女をたぶらかして金儲けをしておるものがいる、と気づいて、わしは仰天した。弟子の悪事は師であるわしの責任でもある。なれど、そやつは知恵が働くゆえ、わしがそのことを問いただしても、なんのかんのと言い逃

れして、丸め込もうとするであろう。動かぬ証拠が欲しかったわしは病で部屋から出られぬことにして、深夜、ひそかに寺のなかを探索し、やっと証文を手に入れることができた。――そのうちのひとつをおまえさん、北町の同心衆にお渡ししたのじゃが気づいてもらえたかな」

「も、もちろんです。すぐにわかりましたよ」

華彦は胸を張った。

「しかし、その弟子の企みというのはそれだけではない。この寺の跡目を継ぐために、邪魔になるもの……桃那をひそかに消し去ろうとしたのじゃ。その方法とは……」

宝巖は、今はすっかりおとなしくなっている化けネズミの口もとを指さした。化けネズミはなにやら長くて太い紐のようなものをくわえていた。化けネズミは斑《まだら》模様のその紐を床に落とした。

「これは天竺におる蛇で、猛毒を持っておる。わしはかつて、本草学を修めたことがあり、異国の生きものについてもそれなりに知識がある。夜中に響く妙な旋律の笛の音、猫が立て続けに毒で死んでいること、境内で鶏の羽が多く落ちていたという噂……それらを合わせて考えると、崋呑が天竺の毒蛇を手に入れ、それを上手く仕込んで桃那を襲わせているのだ、という確信を得た」

蛇は、ぐね、と一瞬動いたが、化けネズミはもう一度しっかりとその首筋に嚙みついた。そのあとはもう動かなくなった。

「天竺の方では、蛇遣いというのがいて、笛を吹いて蛇を自在に操るのじゃ。おそらく崋呑は長崎にいたころの知り合いなどから毒蛇を操る術を会得したのじゃろう。ニワトリはたぶん毒蛇の餌にするために飼うていたのじゃ」

「なるほど……」

華彦は合点した。

「わしは桃那を守るために、ひそかに阿蘭陀《オランダ》船から毒蛇の天敵と言われておる生きものを入手した。マングウスと申してな、こやつはでかいネズミのような姿ではあるが、毒蛇を恐れずに立ち向かい、嚙み殺す。わしはこのマングウスを飼い馴らし、夜更けに笛の音が聞こえるたびに桃那の寝所付近に放って蛇の害から守ろうとしたのじゃ」

桃那は感極まって、

「さようでしたか……。師の深き恩に感謝いたします」

尾田仏馬が、

「そう言えば、パイドパイパーというのは『斑の笛吹き』という意味だそうだ」

華彦が、

「へえ、そうなんですか」

「――違っていたかな、崋呑阿闍梨殿」

仏馬は手にしていた槍を片手でぐるりと回し、すぐ横の襖に突き刺した。

「むぐ……ううっ！」

襖が裂けながらこちらに倒れてきた。そのうえに弁慶のような風貌の僧が乗っていた。槍の穂先はその脇腹を貫いていた。崋呑は刀を大きく振り回し、桃那に襲い掛かった。桃那のかたわらにいた華彦は、十手でその刀を叩き落とし、崋呑の顎を蹴り上げた。崋呑は口から唾を大量に吐きながら仰向けに倒れた。

「無念……無念……無念……」

崋呑の顔は、まだまだこれからやるべきことがあったのに……という胴慾《どうよく》にまみれたものだった。しかし、すぐに無表情になり、目が閉ざされた。宝巖和尚と桃那が両手を合わせた瞬間、崋呑の身体から黒い霧のようなものがゆらゆらと立ち上り、天井付近に消えていった。仏馬はそれをはったとにらみ、

「煩悩虫か……」

とつぶやいた。

◇

「天下一金満講」は町奉行所の手で解体され、残っていた出資金は証文に基づき、講中それぞれに戻された。もちろんかなりの額は崋呑たちが使ってしまっていたが、

それは仕方のないことだった。崋吞は僧籍を剝奪され、北町奉行遠山景元によって厳しい裁きを下された。残りの加担者たちも罪の軽重によって叩きから遠島まで処分がなされた。

　その夜、尾田組の面々に林家グツ蔵が加わり、本所南割下水にある夜鳴き蕎麦の屋台「うそ屋」で事件解決の祝いが開かれていた。この店、普段は「本所七不思議」のひとつ「灯無蕎麦」で、行灯の灯りを頼りに来た客をからかうのが本領なのだが、尾田組の宴会のときだけは四十がらみの親爺が包丁をふるい、酒も出す。この親爺、じつは川獺の怪だというが本当のところはわからない。

「これにて本件も落着した。皆のもの、ご苦労であった」

　尾田仏馬が湯吞みを挙げた。旭日嶽、左門、夜視らがそれにならった。もちろん華彦も湯吞みを干す。グツ蔵が、

「てえことは、化けネズミなんてえ物の怪はいなかったんですな」

　左門が水のように酒をあおりながら、

「そういうこったな。天竺に棲むマングウスという生きものを、宝巖和尚が毒蛇避けに連れてきた。それがでかいネズミに見えたってわけだ。世界には鬼天竺鼠《カピバラ》とか沼狸《ヌートリア》といった馬鹿でかいネズミがほかにもいるらしい。そのうちの一匹があの寺にいたってことさ」

「毒蛇を食うというのには驚きましたよ」

　華彦もここぞとばかりに酒を飲みながら言う。左門が、

「天竺では、大道芸人が笛を使って毒蛇を操り、投げ銭をもらっているそうだ。西洋では、あの中斎という男のように、笛を吹いてネズミを集める商売のものもいるらしい。ところ変われば……というやつだな」

　旭日嶽が丼で酒をあおりつけながら、

「崋呑が『天下一金満講』の証文を寺の経蔵に隠していたのは、灯台下暗しということじゃろが、それに宝巌和尚は気づいていたのじゃな」

「そういうことだ。おのれは病弱で、みずから解決する体力がない。たまたま寺に来た逆勢に証拠を託した、というわけだ。金さんもたまたま『天下一金満講』のことを調べていてあの寺に行きつき、逆勢と出会ったのだな。だが……あの崋呑という坊主、煩悩虫に取り憑かれておったとはのう……」

「煩悩虫とはなんのことです」

　華彦がきくと、

「人間の欲望……物欲、食欲、性欲、名誉欲……などをどんどん増していく物の怪だ。これもまた、鳥居耀蔵が江戸に引き入れた妖怪のなかに入っていたのだろう。崋呑も、以前は真剣に修行をしていたのだろうが、心のどこかにあった欲望が煩悩虫を引き入れたのだろう。我らがなんとかせねば、これからもこういった犠牲が増えるばかりだろう。――いずれにしても、逆勢はお手柄であった。まあ、飲め」

尾田仏馬に酒をすすめられ、華彦はがぶがぶとそれを飲んだ。この一件の解決は、まさにひとりではかなわぬものだった、と華彦は身に染みて思っていた。尾田組の面々、中斎や雪海、桃那、そして宝巖和尚らの尽力なくしてこの祝杯はありえなかった。夜視が、

「宝巖和尚も寺を桃那さんに譲ったことだし、これであの寺もますますご発展、というところですかね」

とろん、とした目で華彦は、

「でも、あの雪海という小僧……化けネズミが出たのはおのれのせいだ、みたいなことを言ってましたが、あれはなんなのでしょうか」

尾田仏馬が苦笑いして、

「あれはな……以前、雪海が修行をそっちのけにして好きな絵ばかり描いておったとき、宝巖和尚が戒めのためにあやつを本堂の柱に縛り付けたことがあったらしい。そのとき雪海は、こぼれた涙を足の指につけて床にネズミの絵を描いたそうだ」

「ははは……雪舟禅師の真似ですね」

「そうだな。――しかし、足指のこととて上手く描けず、絵は化けもののようなネズミになってしまった。雪海は、そのことが頭に残っていて、もしや、おのれが描いたあの化けネズミの絵が抜け出して、寺に出没するようになったのでは……と思い煩っていたそうだ」

華彦は笑って、

「あの小僧、たいそうな自信ですね。そういうやつがいつかえらい絵描きになるかもしれません」

「そういうことだな。ネズミの絵を描く小僧には気をつけねばならぬ」

そのとき、華彦はススキのおババの言葉を思い出した。

「ネズミ小僧に気をつけよ……」

もしかしたら、「ネズミ小僧」というのはネズミの絵を描く小僧のことだったのでは……。華彦はぱたりと茶碗を落とした。

この作品は書き下ろしです。

臆病同心もののけ退治

田中啓文

2020年8月5日　第1刷発行

発行者　千葉 均
発行所　株式会社ポプラ社
〒102-8519　東京都千代田区麹町4-2-6
電話　03-5877-8109(営業)　03-5877-8112(編集)
ホームページ　www.poplar.co.jp
フォーマットデザイン　bookwall
校正・組版　株式会社鷗来堂
印刷・製本　中央精版印刷株式会社

N.D.C.913/318p/15cm　ISBN978-4-591-16730-4

P8101410